AF220004

gestern hab ich den Zufall getroffen

und andere Geschichten

herausgegeben von Elvira Kolb-Precht

Verantwortlich: Elvira Kolb-Precht
Die Schreibschule, Lucia-Popp-Bogen 15, 81245 München
Internet: www.die-schreibschule.de
Mail: info@die-schreibschule.de
Titelgestaltung und Buchsatz: Margot Krottenthaler,
www.leporello-company.de
Titelmotiv: Clipart by AnimalsClipart.com
Herstellung und Verlag: BoD – Books on Demand, Norderstedt
Dieses Buch ist auch als E-Book erhältlich.
ISBN: 978-3-752861-75-4

Vorwort: Mein erstes Mal – als Herausgeberin

Lange Diskussionen – um einen Gedankenstrich. Hitzige Auseinandersetzungen um ein Wort. Wochenlanges E-Mail-Pingpong mit überarbeiteten Textversionen. „Schicke dir die neue Fassung von …" „Bitte um Feedback zu …" Am Ende sind in meinem Ordner „Buchprojekt" über hundert Dateien.

Als letztes Jahr der Startschuss für unser Anthologie-Projekt fiel, wusste ich, was auf mich zukommt: Auswahl der Texte, Lektorat, Korrektorat, Titelfindung, Cover-Gestaltung, Klappentext, Buchsatz … Natürlich auch die Planung der PR: Pressemitteilung, Social Media, Organisation von Lesungen. Trotzdem habe ich den Arbeitsaufwand ein kleines bisschen unterschätzt ;-). Aber glücklicherweise war die Buchpublikation ein Gemeinschaftsprojekt: Alle Teilnehmer meiner Schreibgruppen haben mitangepackt und ihre Expertise in den unterschiedlichen Bereichen eingebracht – riesengroßer Dank an alle, ganz besonders an Margot Krottenthaler, die das wundervolle Buch-Cover kreiert hat!

Hat der Zufall uns zusammengewürfelt? So unterschiedlich wie die Autoren dieser Anthologie – so unterschiedlich sind auch die in der Schreibschule entstandenen Geschichten. Seien Sie gespannt, was die Autoren aus Schreibimpulsen wie *Mein erstes Mal*, *Filmriss*, *Doppelleben* etc. gemacht haben. Wir sind gespannt, wie Ihnen unser Buch gefällt und würden uns freuen über ein Feedback an *feedback@die-schreibschule.de* oder eine Rezension bei Amazon!

Elvira Kolb-Precht

Inhalt

Mein erstes Mal
Nabelschnur 8
Scheitern mit Schaf 12
Idee gesucht 18
Ein Gefühl, zum Sterben schön 20

3:27 Uhr Ortszeit
Penelope wartet nicht mehr 26
Hundstage 31
My Baby Shot Me Down 34
Schmetterlingstränen 38
Schafsseelen 41

(Zeit-)Reisen
Die Wüste in mir 48
Ronda ohne Bikini 51
Loop 57
England! 63

Gestern hab ich den Zufall getroffen
Der Tod wird überbewertet 66
Das alte Haus 73
Prost Alter 81

Filmriss
Göttliche Fügung 84
Die Schuhe des Törichten 89
Dunkles Erwachen 94
Babel 99

Angelo
Pate im Pelz 103
Angelo 106
War's das Angelo? 110
Wie wäre es mit Angelo? 114

Doppelleben
#MeTwo 121
Der Mordfall Carew 126
Die Enthüllung 138
Two Souls 148

Gestalten der Nacht
Der dunkle Besucher 156
Der Nachtschwärmer 163
Nach dem Tanz 167
Gestalten der Nacht 170

Über die Autoren 174

Mein erstes Mal

Nabelschnur

„Komm schon, Lynn. Trau dich.“

Ich höre Alex' Stimme wie aus weiter Ferne. Als wäre ich in einem Tunnel. Mein Blickfeld ist auf den halben Quadratmeter Fläche vor mir zusammengeschnurrt. Ich kann nicht mehr klar denken, atme flach. Alle Taktiken, die ich mir zurechtgelegt hatte, versagen.

„Es ist gar nicht schlimm, du wirst sehen.“

Alex hat gut reden. Er hat das sicher schon hundertmal gemacht. So wie jeder in meinem Freundeskreis. Ich bin die einzige, die es noch nicht getan hat. Ein blödes Gefühl. Ein bisschen wie die Mutproben, die man als Kind auf sich nahm, um zur Clique der coolen Jungs und Mädchen dazuzugehören. Es war mir schon damals ein Gräuel. Ich war der bebrillte Bücherwurm, die Spießerin, die sich all diese Dinge nie im Leben getraut hätte. Regenwürmer essen. Beim freundlichen Bäcker um die Ecke saure Drops mitgehen lassen. In die Jungsumkleide marschieren und blank ziehen. In der Freistunde einen Joint rauchen und in der nächsten Unterrichtsstunde unkontrolliert kichern.

Ich mache mir nichts vor, auch dies ist in gewisser Weise eine Mutprobe. Aber eine, die mir am Herzen liegt. Auf Regenwürmer essen kann ich verzichten. Aber wenn ich das hier schaffe, dann habe ich es ganz alleine für mich getan. Na schön, und auch, damit mir die anderen endlich ein bisschen mehr Achtung entgegenbringen. Deren Leichtigkeit habe ich immer mit Neid beobachtet. So lange, bis ich beschlossen habe, dass es so nicht weitergehen kann.

Ich habe diesen Moment wochenlang hinausgezögert. Habe mir schließlich einen Tag vorgenommen, an dem es passieren würde. Dieser Tag ist heute. Schon seit Tagen verspüre ich eine innere Unruhe; seit einer halben Stunde bin ich ein nervliches Wrack. Die gutgemeinten Ratschläge meiner Freunde haben mich nur mehr verwirrt als beruhigt.

8

Alex: „Das erste Mal wird dich noch Überwindung kosten. Danach wird es leichter."

Nina: „Wenn du das jetzt nicht machst, wirst du niemals besser werden, das ist dir doch klar?"

Jule: „Mach dabei die Augen zu und du denkst, du fliegst."

Es ist nicht das Fliegen, vor dem ich Angst habe. Es ist das Danach. Meine Angst ist nicht ganz unbegründet. Was alles passieren kann, weiß ich nur zu gut aus den Schilderungen meiner Freunde und zahllosen, in einem Anfall von Masochismus angeklickten You Tube-Videos.

Das hier sind kontrollierte Bedingungen, versuche ich mich zu beruhigen. Es wird dir nichts passieren. Alex ist hier. Er weiß, was er tut.

Für einen kurzen Moment kann ich mich aus dem Tunnel befreien und blicke mich um. Hinter mir auf der anderen Seite sehe ich einen drahtigen, oberkörperfreien jungen Mann, der genau das tut, wovor ich solche Angst habe, und offenbar auch noch einen Riesenspaß dabei hat. Er stößt einen lauten Schrei aus und seine Partnerin lacht hell auf, obwohl sie selbst dabei von den Füßen gerissen wird. Ach, wäre es doch so einfach.

Der stärkste Muskel ist der Kopf. Wie oft habe ich dieses berühmte Zitat schon gebetsmühlenartig wiederholt, bis es für mich jeglichen Sinn verloren hat? Es wird mir jetzt nicht weiterhelfen. In meiner Verzweiflung überlege ich, es mit Meditation zu versuchen. Aber Alex wird nicht ewig auf mich warten. Irgendwann wird er sagen „Es hat keinen Zweck, Lynn" und die Sache abblasen. Von dieser Enttäuschung werde ich mich nie erholen, das weiß ich. Es gilt also heute, hier und jetzt. Oder nie wieder.

„Was ist jetzt, Lynn? Gibst du auf?"

„Nein." Kaum bringe ich das Wort über die Lippen. „Gib mir noch einen Moment."

Ich schließe die Augen und zwinge mich, ruhig zu atmen und meinen Kopf ganz leer werden zu lassen. Gerade beruhige ich mich etwas, als mein linker Arm beginnt, sich zu verkrampfen.

Vermutlich durch die lange Belastung. Ich schüttle ihn kurz aus; es wird nur wenig besser. *Lange werde ich eh nicht mehr durchhalten, und dann hat sich das Thema ganz von allein erledigt.*

Nochmals spreche ich mir innerlich das immer gleiche Mantra vor: *Dir kann nichts passieren. Deine Angst ist nur in deinem Kopf. Du machst das jetzt schon jahrelang, und dies ist der nächste Schritt, damit du besser werden kannst. Damit du reifer wirst. Denk an Mia und wie schwer es für sie beim ersten Mal war. Wenn sie es schaffen kann, dann auch du.*

Es klappt. Ich fühle mich so ruhig wie seit Tagen nicht mehr. Ich öffne die Augen, blicke nach unten. Alex steht fünfzehn Meter unter mir. Seine rechte Hand ist es, die mir Sicherheit gibt. Seine Hand und die Nabelschnur, die uns verbindet. Ein 9,5 mm starkes Nylonseil, TÜV-geprüft und auf acht Normstürze ausgelegt. Das Seil läuft an Alex' Ende durch ein halbautomatisches Sicherungsgerät. An meinem Ende ist es mit einem doppelten Bulin-Knoten an meinem Gurt befestigt. So wie ich es schon unzählige Male getan habe. Ich beherrsche die Handgriffe im Schlaf. Jeder möchte mich als Seilpartnerin, weil ich umsichtig und verantwortungsvoll sichere. Nur beim Klettern selbst stoße ich immer wieder an eine unsichtbare Grenze, die ich mir selber gesetzt habe und die ich nicht durchbrechen kann.

Erst wenn ich meine Sturzangst verliere, kann ich an meine Leistungsgrenze gehen. Und das heißt: stürzen. So oft wie möglich. Kontrolliert. Desensibilisierung nennt man das. Wie bei Angst vor Spinnen. Der vermeintlichen Gefahr ins Auge sehen. *Der stärkste Muskel beim Klettern ist der Kopf.* Dieser unvergessene Satz stammt von Kletterlegende Wolfgang Güllich. Jeder Kletterer kennt ihn, jeder weiß, wie viel Wahrheit in ihm steckt. Ich bin der beste Beweis dafür.

Ich blicke vor mich, auf meine Hände, die sich in die Griffe an der Kletterwand verkrampft haben. Dann ein Blick direkt nach unten. Die letzte Exe, in die ich das Seil eingehängt habe, ist zwei Meter unter mir. Das bedeutet einen Sturz von mindestens

10

vier Metern, bevor das Seil sich spannt und mein Sturz sanft abgefangen wird. Vier Meter. Die wichtigsten vier Meter meines Kletterlebens. Vier Meter, die meine Angst zum Schweigen bringen sollen. Ich bin bereit.

Ich lasse los.

Heidi Lackner

Scheitern mit Schaf

Die Straße ist zu einem Schotterweg geworden, der Schotterweg zu einem Feldweg, der Feldweg endet jetzt, einfach so: Auf einer Wiese. Verdammtes Navi! Egal, schöner Tag heute. Ich steige aus und rufe die Nummer des Pferdehofs an. „The person ... is temporarily not available."

War auf jeden Fall richtig, das teuerste Führungsseminar zu nehmen. 2000 Euro plus Übernachtung und Verpflegung, abgezeichnet vom GF, yess! Macht zwei Tage Schulung Schrägstrich Urlaub auf dem Pferdehof. Von wegen Defizite in der neuen Führungsrolle. Wer hat denn das Projekt mit Scholz & Co gerissen? Und wer hat Engelbeck dazu gebracht zu unterschreiben? Schafsgesicht Annabell etwa? Oder sonst wer aus meiner Gurkentruppe? Egal, wenn sie meinen.

Warum geht denn da keiner ran? Egal. Einfach mal relaxen. Das da vorn könnte eine Koppel sein. Wo sind denn die Pferde um diese Zeit? Wahrscheinlich drehen sie jetzt ihre Runden in der Reithalle. Schön brav hintereinander, eine Pferdelänge Abstand. Ich muss lachen, weil ich alles noch so genau weiß von der Zeit mit Vroni. Zwei oder drei Mal habe ich sie begleitet zum Reitstall aka Ponyhof.

Ich hol die Seminarunterlagen, um noch mal die Nummer zu checken.

„Führen heißt: Die Zielrichtung kennen und das Team mitnehmen. Mitarbeiter motivieren. Sie trainieren Ihre Führungsstärke mit imposanten Tieren ..."

Blabla, sage ich. Rita Fron, die Seminarleiterin, nimmt endlich ab und dirigiert mich zum Pferdehof.

Nette Truppe, kleine Gruppe, wie im Flyer versprochen. Sogar noch besser: Drei Frauen, Franko der Dauerlächler, und ein Mann: ich.

Wir sitzen auf den Zuschauerbänken, als die Pferde in die Halle gelassen werden. Unsere erste Aufgabe: Beobachten,

Leitpferd erkennen, Hierarchie analysieren. Franko und die Mädels schreiben sich nen Wolf auf ihren Blöcken. Ich check in der Zeit mein Handy. Ist eh klar: Der Dunkelbraune ist der Alpha, der schwarz-weiß Gescheckte der Arsch, also Omega. Der Rappe und die beiden Grauschimmel sind Sachbearbeiter, Personaler mit Schwerpunkt Führungskräfteschulung oder sie machen die Buchhaltung.

Hat nicht ganz gestimmt, aber fast. Eine Trefferquote von 80 Prozent ist schon mal nicht schlecht. Okay, die Mädels waren besser. Aber Franko – oh Mann: Trefferquote 20 Prozent. Ich dagegen hab nur den Boss mit dem Arsch verwechselt. Was lässt der sich auch von den anderen an der Mähne rumpulen?

Der anschließende Theorieteil über Achtsamkeit, Respekt und noch irgendwas mit R zieht sich. Kein WLAN hier, Netzempfang nur zwei Balken, aber Moment – eine Mail von Annabell: Was soll das heißen, Abschlusspräsentation frühestens nächste Woche? Die braucht jetzt aber mal wirklich Motivation!

„Wir gehen gemeinsam in die Reithalle für unsere erste Praxisübung", sagt Rita. Unser Auftrag: Abäppeln. Sollen wir uns auch noch vor jedem Pferdehaufen verneigen? Ich lass die anderen mal machen und frage Rita, wann wir endlich reiten.

„Wir reiten überhaupt nicht", sagt Rita. „Steht doch in den Seminarunterlagen. Ist ja kein Rodeo", murmelt Franko und grinst. „Geht ums Führen lernen." Die Mädels nicken.

Für den Abend ist Team-Arbeit angesagt. Das Essen davor war wirklich … gesund. Im Wesentlichen Quinoa, das Grüne waren wahrscheinlich Bohnen. Als ich nach Pferdesalami frage, lacht nicht mal Franko. Ich überlege, ob ich nachher in der Dorfkneipe noch lecker Lammkottelets bestelle. Wird ja nicht so lange dauern mit den Vertrauensspielchen. Aber jetzt werden mir erstmal die Augen verbunden. Keine Ahnung, wer mich „blind" führt, Franko ist es jedenfalls nicht. Ich hoffe, es ist die, die beim Essen neben mir saß. Könnte sein, die Hände an meinen Schultern wirken grazil. Bis sie Druck aufbaut. Vielleicht ist es doch die Dicke. Und woher soll ich jetzt wissen, wohin ich meine Füße setzen soll? Ich haue mir das Schienbein an einer harten Kante an. Meine Führerin entschuldigt sich. Hätte ich mir denken können – dieses Trampel!

Rita macht sich Notizen. Dann bin ich dran mit Führen. Ich lege Franko, dem Omega unserer Herde, die Hände auf die Schultern. Der hat so was von null Körperspannung! Ich muss ihn schieben: linksrum, rechtsrum, im Slalom um die Pylonen und Hocker. Wir meistern den Parcours fehlerfrei. Ich verbeuge mich, die Mädels applaudieren. Franko nimmt das Tuch ab, massiert sich die Schultern und lächelt gequält.

Lammkoteletts haben sie nicht in der Dorfkneipe, also nehme ich den Reiterschnaps. Steht auf der Karte ganz oben, ist also wohl Usus in dieser Gegend. Schmeckt zum Kotzen, aber dröhnt. Die Bohnen rumoren trotzdem noch die ganze Nacht in meinem Bauch.

Das Frühstück am nächsten Morgen lasse ich ausfallen. Bin aber pünktlich um 10 in der Reithalle. Wir sollen die Pferde um uns herumtreiben, mit einer Art Fahne in der Hand, und ohne sie damit zu berühren. „Wichtig ist, dass die Herde nicht in Panik gerät. Fluchttiere brauchen Ruhe und Sicherheit", sagt Rita. Als erster ist Franko dran. Seine Fahne hängt auf Halbmast, die Pferde hatschen mit halbgeschlossenen Augen um ihn herum. „Sehr, sehr gut", sagt Rita. Dann schaut sie mich an. „Wer sich's zutraut, kann die Pferde auch etwas stärker fordern. Achten Sie dabei auf klare Ansagen." Meine Ansage ist klar, ich schwenke die Fahne wie ein Formel-1-Marshal. Und zack: Die Pferde galoppieren und buckeln, dass mir das Sägemehl um die Ohren fliegt. Ihre Nüstern sind weit, die Augen zeigen das Weiße. Der Gescheckte hängt sich so rein, dass er sich in der Kurve fast hinlegt. So motiviert man zur Höchstleistung. Nach zwei Minuten pfeift Rita die Übung ab – Ziel übererfüllt, würd ich mal sagen, und das in no time!

Jetzt wird's spannend: Jeder von uns bekommt ein Pferd zugeteilt. Beziehungsweise ein Pferd sucht sich seine Führungs-

14

kraft aus. Ich schaue auf den Boden und sehe, dass da jemand nicht sauber abgeäppelt hat.

Franko? Echt jetzt? Der Braune geht zu ihm? Der soll eine dominante Ausstrahlung haben? Ich streiche das Sägemehl mit meiner Schuhsohle glatt und warte.

„Sie haben es ja selber gemerkt", sagt Rita. „Kein Pferd hat auf Sie resonanziert."

„Resonanziert?"

„Naja, Resonanz auf Sie gezeigt. Auf Sie reagiert." Sie deutet an, dass ich ihr folgen soll. Wir verlassen die Reithalle, gehen die Stallgasse entlang, vorbei an den Pferdeboxen. Es riecht nach Tier – aber nach welchem?

Rita sagt: „Es liegt wahrscheinlich an der Diskrepanz Selbstbild und Fremdbild. Aber ich bin mir ziemlich sicher, dass es mit einem dieser Schafe klappen könnte."

What the fuck – ein Schaf?

„Schafe sind ebenso gute Lehrmeister wie Pferde", sagt Rita. „Und wenn wieder keins auf Sie resonanziert, haben wir auch noch Meerschweinchen."

Ein Schaf kommt ans Gatter und blökt. „Molly!", ruft Rita und klatscht in die Hände. „Da sehen Sie's. Das könnte der perfekte Match sein!"

„Das wird aber nicht aufgezeichnet, oder?"

Rita redet einfach weiter. „Schafe sind echte Krafttiere. Wie Pferde. Sie helfen uns, aus dem alten Kreis heraus in einen neuen zu treten. Sie lehren uns Respekt und …" Ich blende sie aus, kann keine R-Wörter mehr hören.

„Sie werden von allem etwas brauchen für eine erfolgreiche Zukunft."

In der Arena sind nur das Schaf und ich. Die Videokamera surrt. Das Schaf schnuppert an meiner ausgestreckten Hand, duckt sich aber dann gleich wieder weg. Ich schnalze mit der Zunge. Sein Gesicht besteht aus einer langen konvexen Nase. „Hey Beauty", sage ich leise. „Jetzt kommt der Ring." Das Schaf

15

geht rückwärts von mir weg. Der Führungsring, den ich ihm umlegen soll, sieht aus wie ein Hula-Hoop-Reifen für Magersüchtige. Als ich ihn überstülpen will, dreht sich das Schaf um und setzt sich in Trab.

Ich werde ihm auf gar keinen Fall nachlaufen! Wie war das mit Körpersprache? Ich mache mich groß, atme ein und bewege meine Arme und Hände raumeinnehmend. Na, geht doch: Das Schaf bleibt stehen und dreht mir den Kopf zu. Es schaut mich aus seinen rechteckigen Pupillen an. Ich gehe gemäßigten Schrittes auf es zu. „So ist's fein", sage ich. Erst mal Vertrauen aufbauen. Den Ring halte ich versteckt hinter meinem Rücken. Als ich näherkomme, prescht das Schaf los. Im Galopp ist es schneller als jedes Pferd! Ich jage hinterher, den Ring fest in meiner Hand. Gleich hab ich dich. Gleich hab ich dich, bitch!

Nach einer Runde durch die Bahn wird mir schlecht. Was ist los mit mir? Wahrscheinlich die Bohnen, danke auch fürs Superfood. Ich halte mir die Hand an die stechende Seite. Verdammt, es kann doch nicht so schwer sein. Die anderen haben es auch geschafft, sogar Franko nach vier Anläufen. Einfach Dominanz zeigen, oder war's Präsenz oder was anderes mit P? Klar, bei den andern war's leichter, die hatten ja auch Pferde. Ich schnaufe mich ruhig. Franko gestikuliert von der Zuschauerbank. Mit zwei Fingern formt er ein V. Was will er mir damit sagen? Victory? Versager? Fick dich, Franko.

Dieses ganze Körpersprache-Dingens ist Bockmist. Das funktioniert vielleicht in einer Mutter-Kind-Yoga-Gruppe, aber nicht in meinem Business. Also gute alte verbale Kommunikation. „Hey, Annabell!"

Rita formt einen Trichter mit ihren Händen. „Sie heißt Molly!" Egal, dann eben Molly.

„Hierher, Molly!" Das Schaf galoppiert eine weitere Runde und bleibt dann abrupt stehen. Seine Flanken beben. Hellgrüner Schaum tritt aus seinem Maul aus. Es sieht maximal gestresst aus, überfordert, kurz vor dem Kollaps. Es tut mir leid.

16

Ich setze mich auf den Boden. „Schalten Sie die Kamera ab!", rufe ich Rita zu. Den Führungsring hänge ich mir um den Hals. Als ich mein Smartphone rausholen will, passiert etwas Seltsames: Schaf Molly geht auf mich zu. Ganz langsam, Schritt für Schritt. Ich lasse mein Handy stecken, bewege mich nicht, halte den Atem an. Ganz nah kommt es mir, beugt den Kopf zu mir herunter. Wir sind jetzt Nase an Nase. Ich greife nach dem Ring. Molly reibt den Schaum vor ihrem Maul an meinem weißen Shirt ab. Egal, es fühlt sich irgendwie gut an. Sie sieht aus, als würde sie lächeln. Ich lasse den Führungsring los. Es wäre ein Leichtes, ihn ihr jetzt umzulegen – ich tue es nicht. Stattdessen kraule ich sie hinter den Ohren. Ihre Wolle ist unerwartet weich.

„Was nehmen Sie mit von diesem Seminar?", fragt Rita bei der Abschlussreflexion. Franko redet und lächelt. Ich habe drei Balken und eine Mail von Annabell. Der Termin für den Abschluss soll sich um eine weitere Woche verschieben.

Jetzt ist Schluss. Es gibt eben Schafe und Mitarbeiter Sternchen -innen, da passt es einfach nicht. Wie mit Annabell. Ich werde sie feuern.

Elvira Kolb-Precht

Idee gesucht

Der Cursor blinkt ein und aus. Ein und aus. Blink, da ist er. Blink, weg. Blink, wieder da. Ich sitze vor meinem Computer, das Word-Programm wurde aufgerufen. Myriaden von Einfällen warten nur darauf, als Pixel wiedergeboren zu werden. Auf dem leeren, weißen Bildschirm kann ich meine gesamte kreative Energie austoben. Meine dichterische Schöpfungskraft ist so grenzenlos wie die Phantasie selbst.

Mir fällt nichts ein.

Frustriert reibe ich meine Stirn. Ich nehme an einem Schreibkurs teil, und bis zum nächsten Treffen muss ich eine Geschichte zu einem bestimmten Thema geschrieben haben. Eine Länge von zwei Seiten reicht. Doch wenn ich beim nächsten Termin nichts abliefere, sticht man mir mit einem glühenden Messer ein Auge aus. (Mag sein, dass ich in diesem Punkt ein wenig überdramatisiere.)

Das aktuelle Thema lautet: „Das erste Mal." Zu dem Erlebnis, welches einem bei diesem Begriff am ehesten einfällt, weiß ich leider nichts zu sagen. Allerhöchstens reine Fiktion. Das erste Mal? Vielleicht könnte ich vom ersten (und hoffentlich letzten Mal) berichten, als ich in einen Verkehrsunfall verwickelt wurde. Wie fange ich an? Mal sehen.

Ich fuhr den alten Wagen meines Großvaters.

Nee, zu sachlich.

Hinter dem Steuer von Opas alter Karre. Da! Eine rote Ampel. Ich trete auf das Bremspedal.

Ja, kurze Sätze erhöhen die Spannung.

Nur ein schwacher Druck. Der Wagen wird kaum langsamer. Ich trete erneut. Kein Druck!

Ja, das ist gut. Ein Absatz, und dann nur zwei Worte mit Ausrufungszeichen. Erbleiche vor Neid, Thomas Mann! Wie lange liegt der Unfall schon zurück? Mensch, hatte großes Glück, dass damals nur das Auto zu Schrott gefahren wurde.

18

Hmm? Vielleicht ist die Sache doch zu persönlich. Besser, ich schreibe eine rein erfundene Geschichte, dann kann ich meine Kreativität üben. Das erste Mal?

Vielleicht etwas mit einer überraschenden Wendung? Ja, das könnte funktionieren. Getäuschte Lesererwartung. Doppeldeutige Formulierungen. Hitchcock und Night Shyamalan lassen grüßen. Worüber könnte ich schreiben?

Vielleicht über eine Person, die von ihrem ersten Mal erzählt, und – großer Schock zum Schluss! – es handelt sich um einen Auftragskiller, der von seinem ersten Mord berichtet. Ja, ich bin der Meister, der König, der Kaiser der Spannung! Wie setze ich die Idee um? Vielleicht so?

Niemals vergesse ich meine erste Zielperson. Zu offensichtlich.
Niemals vergesse ich mein erstes Mal. Schon besser.

Nun muss ich mir ein gutes Szenario ausdenken. Dann langsam die Spannung erhöhen. Muss meine Worte so formulieren, dass der Leser nach und nach stutzig wird. Hmm? Mir fällt keine passende Formulierung ein. Außerdem, die Idee hat zwar was, aber ... Nee! Ich möchte lieber etwas Lustiges schreiben.

Das erste Mal? Ist noch genug Brot da? Vielleicht sollte ich einkaufen gehen. Milch müsste auch ... Nein, nein, nein! Konzentrier dich! Bleib an der Sache dran.

Das erste Mal? Das erste Mal? Das erste verflixte, dreimal verfluchte Mal? Blöderweise gibt es so vieles, was man zu diesem Thema schreiben kann. Mein erstes Mal beim Vorstellungsgespräch. Mein erstes Mal auf dem Mond. Mein erstes Mal, als ich die Welt rettete.

Ha, mein erstes Mal, dass ich eine Geschichte zum Thema „Mein erstes Mal" schreiben muss. Augenblick mal!

Nee, viel zu metafiktional. Viel zu plump und billig. Obwohl, irgendwie doch eine originelle Umsetzung des Themas.

Lächelnd beginne ich zu schreiben. So beginnt meine Karriere als Bestsellerautor. Auf dem Bildschirm erscheinen die Worte: *Der Cursor blinkt ein und aus. Ein und aus.*

Stephan Priddy

Ein Gefühl, zum Sterben schön

Klein und unbedeutend platscht ein Gewirr von Armen, Beinen, Federn im Wasser. Die Wellen schlagen darüber schon zusammen. Gleich wird nichts mehr da sein. Drumherum geht das Leben seinen gewohnten Gang. Niemand, noch nicht einmal ein Schaf aus der Herde, nimmt Notiz. Zu hoch hinaus wollte einer, sang- und klanglos ist sein Untergang.

Das Gemälde fasziniert mich. Ich habe es aus allen Blickwinkeln betrachtet und dabei verdrängt, dass das Museum gesteckt voll ist. Mit Erfolg. Das Bild hat mich aufgenommen, als wäre auch ich dabei. Bei den drei Menschen, die den Tod des vierten gar nicht zu bemerken scheinen. Was muss der Kerl in den letzten Sekunden seines Lebens gefühlt haben? Das Gemälde lässt mich nicht los. Selbst im Wagen von Brüssel zurück nach Köln sehe ich den Abgestürzten vor mir. Und dann habe ich den Geistesblitz.

So viele Taten beginnen mit einer Wette. Meine auch. Wir, das sind meine Freunde Mick, Tommie, Schildkröte und ich, haben gewettet, dass ich zehn Paar Debreziner schaffen würde. Nicht weit von unserer Stadt ist unsere Stammkneipe, der Jugoslawe wird er genannt, weil der Wirt damals, als es das Land noch gab, als Gastarbeiter kam und blieb. Obwohl jeder vor uns nach dem Krieg dort geboren wurde, lieben wir die Kneipe und Mirkos Geschichten. Außerdem hat er einen attraktiven Sohn, weshalb ich gerne hingehe.

Man muss meine Freunde kennen, um zu verstehen, wieso ich die skurrile Wette eingegangen bin. Mick, der eigentlich Michael, gesprochen Maikl, heißt, ist aus Irland, kam aber mit seinen Eltern nach Siegburg, als er noch ganz klein war. Wenn wir ihn ärgern wollen, rufen wir ihn Mickey. Tommie ist winzig, ohne kleinwüchsig zu sein. Aber für einen Kerl ist das doch bitter. Trotz seines so hübschen Gesichts. Deswegen rufen wir ihn weder Thomas noch Tom. Und Schildkröte heißt so, weil er an Karneval gefühlt zehnmal als einer von den Ninja Turtles gegangen ist.

20

Und dann bin da ich, das einzige Mädel in der Jungensclique. Ich bin im Kindergarten mit den dreien in die Gruppe gesteckt worden, weil mich die Kindergärtnerin für einen Jungen hielt. Meine Mom war eigentlich schuld, sie hatte mich als Alex vorgestellt. Erst tauft sie mich Alexandra, und dann ist ihr der Name zu lang zum Aussprechen! Aber egal. Ich sehe auch heute nicht wie ein Mädchen aus mit meinen raspelkurzen Haaren.

Die Debrezinerwette habe ich jedenfalls verloren. Und mein Wetteinsatz lautet, etwas zu tun, was sich von den Jungs ganz sicher keiner trauen würde. Als ich ihnen sagte, was ich tun wollte, waren sie erst völlig still. Mick fing sich als erster und brummte irgendwas mit ,geisteskrank'. Aber nur, weil er sauer war, weil – ganz klar – auch er als mutigster von uns sich das niemals trauen würde. Schildkröte meinte erst, ich würde sowieso einen Rückzieher machen. Und Tommie hatte einfach Angst. Aber ich bin: eine Frau, ein Wort.

Die Vorbereitung war saumäßig hart. Und hat länger gedauert, als ich gedacht habe. Ich habe mich schon immer für körperlich sehr fit gehalten. Doch was da verlangt wird, das ist ja mal direkt was vom anderen Stern. Die Jungs haben mir angesichts der Kosten, die auf sie selber zukommen werden, doch tatsächlich schon angeboten, den Einsatz in was anderes umzuwandeln: so was wie Stockcar Racing (Idee von Schildkröte), den schlammigen Tough-Mudder-Lauf in England (vom irren Iren Mick) oder im Eishockeyfeld ins Tor (von Tommie), weil ich nämlich nicht eislaufen kann. Nee, habe ich gesagt. Meinen Wetteinsatz ziehe ich durch. Ganz ehrlich, mich hat jetzt so richtig der Ehrgeiz gepackt.

Und so trainiere ich seit mehr als einem Vierteljahr im Fitnesscenter: Muskelaufbau, Schnelligkeit, Kondition. Ich fühle mich schon wie Lara Croft, nur ohne die Oberweite und mit kurzen Haaren. Tommie hat sich scheckig gelacht, als ich ihm das erzählt habe. Weil er Tomb Raider liebt und total verknallt ist in die Kunstfigur.

21

Viel habe ich mir beim Training eigentlich nicht getan. Nur den linken Ringfinger angeknackst, die Rippen geprellt und die Oberlippe blutig geschlagen. Alles im Rahmen, alles meiner Ungeschicklichkeit geschuldet. Und genau die muss ich ausmerzen. Mick brachte es vor ein paar Wochen auf den Punkt. Wenn du auch nur einen klitzekleinen Fehler machst, dann bist du völlig tot. Aber eine Heldin, habe ich ihm entgegengehalten. Daraufhin hat er etwas Fieses getan. Nämlich mir die Filme mit den schlimmsten Unfällen gezeigt. Typisch Macho eben. Angst habe ich trotzdem keine. Fast keine.

Das Einzige, was ich keinem verraten habe, obwohl meine Freunde es wohl geahnt haben müssen, das ist die tatsächliche Menge Geld, die mich das alles kostet. Puh! Zwecks Kohle gehe ich also jeden Abend bedienen, mache schon mal Doppelschichten. Stressig ist das. Und ich muss auf mich aufpassen, weil ich zu guter Letzt nicht den Bruchteil einer Sekunde unaufmerksam sein darf. Mein Ehrgeiz und mein Stolz sind aber meine besten Coaches. Wie von jeher in meinem Leben.

Und dann ist das passiert, wovor ich mich am meisten gefürchtet habe: Den ganzen Tag war da schon dieses komische Gefühl, und als ich aus der Uni zurückgekommen bin und in mein Zimmer wollte, stehen meine Mutter und mein Vater gemeinsam (meine Eltern sind geschieden!) mit diesem Gesichtsausdruck vor mir. Alexandra, hat meine Mutter gesagt, wir müssen mit dir reden. Wenn sie meinen Namen ganz ausspricht, dann führt das immer zu Tränen.

Wir haben hin und her diskutiert. Alle meine begründeten Einwände, zum Beispiel dass auch Autofahren tödlich sein kann, werden vom Tisch gewischt. Meine Mutter heult. Mein Vater, der sonst eigentlich echt cool ist, ist biestig ohne Ende und hat mir sogar auf seinem Phone ein mieses Video gezeigt. Eins, bei dem er meine Mutter über die Schulter schauen ließ, was er, als er noch bei uns war, niemals getan hätte. Die Diskussion wurde derart persönlich, dass sich meine Eltern gegenseitig an die

Gurgel gingen und einander die Schuld gegeben haben, dass ich jetzt mit knapp einundzwanzig ein Leben am Limit suchen würde. So ein Schwachsinn! Mir ist der Gaul mächtig durchgegangen und ich habe meine Eltern angebrüllt, dass es doch nur um eine Wettschuld geht. Das war's dann. Sie sind, nun wieder vereint, über mich hergefallen, dass ich undankbar sei und ihnen das Schlimmste antun würde, was ein Kind den Eltern antun kann. Ich bin zu Mick geflüchtet, er hat Tommie und Schildkröte hergetrommelt. Dann haben wir mein Testament gemacht.

Es ist fast so weit.

Der Weg hierher wäre beinahe zu einem vorgezogenen Trauerkonvoi geworden. In letzter Sekunde ist mein Vater vernünftig geworden und hat meine Mutter von der Fahrt ins schweizerische Lauterbrunnental abgehalten. Danach war die lange Autofahrt wie eine echte Urlaubsfahrt. Wir waren ausgelassen, sind abwechselnd ans Steuer und haben rumgeblödelt, wie nur wir vier das können. In der Pension haben wir Gleichgesinnte getroffen, und ich habe mich besser gefühlt als ein Fisch im Wasser. Weil ich das einzige Mädel hier bin unter lauter Jungs. Meine Jungs sind hin- und hergerissen zwischen Stolz und Eifersucht. Besser geht's nicht, oder? Auch ohne einen Tropfen Alkohol war ich den gesamten Abend wie auf Wolke sieben unterwegs. Allerdings habe ich die Nacht nicht geschlafen. Aber das muss keiner wissen.

Ich bin so weit. Das Wetter könnte nicht besser sein. Keine Wolken, die Sonne ist gerade aufgegangen. Praktisch keine Thermik. Das ist besser so. Die Schatten im Tal lassen alles irgendwie unwirklich erscheinen. Ich bin allein hier oben. Das wollte ich so. Die Jungs filmen mich von unten. Mit meiner Helmkamera filme ich von oben.

Ich konzentriere mich. Jeden Muskel, jede Faser, alle Kapillare samt dem Blut, das mein Herz dort reinpumpt, spüre ich. Körpergefühl und die mikrometergenaue Ansteuerung jedes

23

Muskels werden gleich darüber entscheiden, ob ich lebe oder sterbe. Meine Angst gibt eine kurze Stichflamme und erlischt. Ruhe breitet sich in mir aus. Ich denke an Ikarus. Auch ich werde fliegen. Der Wingsuit passt wie angegossen. Ich trete über den Felsvorsprung und tauche ab ins Nichts. Ein kurzer Fall, Adrenalin schießt durch meine Adern. Ich fliege! Baumwipfel rasen heran, das Dorf schießt mir entgegen. Der Jauchzer muss von mir sein. Ich breite Arme und Beine aus, merke wie der Sturzflug abbremst und ich gleite. Wie ein Vogel fliege ich! Federn habe ich zwar keine, synchron gegenläufige Bewegungen ersetzen sie mir aber. Ich vergehe vor Freude. Ich fliege! Ich bin so frei! Juhu – ja! Leben, ich umarme dich!

Nun weiß ich, was unbesiegbar heißt. Ein Gefühl, zum Sterben schön. Drum haben wir das dann auch mächtig gefeiert. Meine Freunde, deren Eltern und meine Eltern und noch ein paar Freunde, Nachbarn und Bekannte, eine ganz schön große Gruppe waren wir, als wir uns die Videos von meinem ersten Mal angesehen haben. Fünf Filme, fünf Perspektiven. Meine Mutter hat die ganze Zeit geheult. Und wollte mir vor der versammelten Mannschaft das Versprechen abringen, dass ich es beim Fallschirmspringen belassen werde. Nie mehr B.A.S.E.-Jumps. Mit Tränen in den Augen hat sie meine beiden Hände in ihren gehalten.

„Versprich mir, Alexandra, dass du es nie mehr tust! Versprich es mir!" Ich habe es ihr versprochen, meine Hände in ihren, meine Augen von ihrem nassen Blick gefangen, meine beiden großen Zehen über die zweiten Zehen gekreuzt.

Marion Solowski

3:27 Uhr Ortszeit

Penelope wartet nicht mehr

„Zeitpunkt des Todes: 3:27 Uhr."

„Lassen Sie sich so viel Zeit wie Sie brauchen – alles andere kann warten".

Zuerst wartet Penelope ... bis die Schwestern auch das letzte Gerät abgeschaltet und die Kabel und Schläuche dezent entfernt haben ... bis der diensthabende Arzt den Raum verlassen hat. Sie setzt sich auf den Stuhl neben das Bett, in dem ihr Mann liegt und starrt auf die Uhr an der gegenüberliegenden Wand.

3:37 Uhr. Seit zehn Minuten ist er tot. Und sie kann ihn nicht ansehen. Aber sie horcht, ob er doch noch einen Laut von sich gibt. Er, der leidenschaftliche Redner, der sie damals mit seinen frechen Worten geködert hatte. „Scharfe Zunge, schnelle Beine", wie er sich selbst gerne beschrieben hat, „und sehrblaue-meer-blaue Augen."

„Krankenhausblau", denkt sie jetzt, als ihr Blick auf dem klinisch sauberen Linoleumboden keinen Halt findet.

Sie hatten sich bei Helenes Hochzeitsfest kennen gelernt, einer gemeinsamen Freundin. Fast 25 Jahre ist das her. Was aus der allseits begehrten Braut von damals geworden ist? Sie selbst war nicht so strahlend und auch nicht blond. Er nannte sie: „Meine Echsenkönigin". Denn dort bei der Hochzeit war sie ihm unter den vielen Gästen aufgefallen, wie sie ernst und kerzengerade in der Kirchenbank saß, in einem grünen Seidenkleid. Penelopes „spartanischer Charme", forderte ihn heraus. Jedes Lachen, das er ihr entlocken konnte, stachelte ihn an noch witziger und char-manter zu sein. In den ersten Wochen umwarb er sie wie eine Königin. Es hatte ihr geschmeichelt, wie er ohne groß zu fragen das Aufgebot bestellt hatte, gegen den ausdrücklichen Rat ihrer Eltern. Doch auch sie hätte – damals noch gerne – gewartet.

26

Lustvolles Warten:

... *warten darauf, mit Erdbeeren und Komplimenten*
    gefüttert zu werden
... *warten bis, sich der Geliebte zum Abschied noch ein*
    weiteres Mal umdreht
... *warten bis, es dunkel genug ist für das erste gemeinsame*
    Bad im See

3:45 Uhr. Ein Jahr später bereits der Sohn, das Haus ... der Baum wurde von einem Fachmann gepflanzt. Mit 30 hatte ihr Mann die Firma seines Vaters übernommen und keine Zeit mehr für Nebensächlichkeiten. Und Penelope ... kämmte Kinderhaare, klebte Papierdrachen, arrangierte Blumengestecke in den Farben der Saison, legte sorgfältig weißes Leinen über die Tische, tranchierte gekonnt den Braten und ...

4:00 Uhr. ... muss jetzt daran denken, dass um diese Zeit die meisten Schwerkranken sterben, statistisch gesehen. Weil der Körper frühmorgens am labilsten ist. Sie weiß solche Dinge, denn sie ist erstens vielseitig interessiert und hat zweitens Zeit, sich mit solchen Themen zu befassen.

Gelangweiltes Warten:

... *warten darauf, dass der nuschelnde Deutschlehrer beim*
    Elternabend endlich mit seinem Vortrag zum Ende kommt
... *warten auf die Pointe eines schlecht erzählten Witzes*
... *warten bis, sich die Gelegenheit ergibt, eine öde Gesellschaft*
    unauffällig zu verlassen

4:10 Uhr. Ein stechender Schmerz hinter ihrer Schläfe zwingt sie in die Gegenwart zurück. Es ist stockdunkel draußen. Ist da überhaupt noch eine Welt? Für Vogelgezwitscher ist es zu früh. Sind die Zugvögel bereits in den Süden gezogen? Seltsam, in diesem

Jahr hat sie das nicht einmal bemerkt. Früher wurde sie unruhig, sobald die Schwalbenschwärme sich sammelten. Als Kind hatte sie die Vögel geliebt, die aus den Wolken stürzend erst knapp über der Erde die Kurve kriegten – zurück in den Himmel.

In den ersten Jahren hatte er sich bemüht, möglichst viel Zeit mit ihr und seinem Sohn zu verbringen. Dann war er nur noch selten bei ihnen, hatte große Projekte, war viel im Ausland. Sie hasste seinen Terminkalender, der ihre wenigen gemeinsamen Stunden wie wehrlose Lämmer in seinem gefräßigen Ledermaul verschwinden ließ und Jahr für Jahr fordernder und fetter wurde.

4:15 Uhr. Sie kann ihn nicht berühren. Der Arzt hatte taktvoll die Augen ihres Mannes geschlossen. Das Pochen in ihrem Kopf wird immer stärker und sie drückt die Hände an die Schläfen. Nichts sehen und nichts hören, nur Kälte und Dunkelheit würden jetzt helfen!

Wer ihn auf seinen Reisen begleitete? Ein erfolgreicher Geschäftsmann braucht eine zuverlässige Mannschaft und die wiederum zählte auf ihn, denn *er* war der mit dem guten Instinkt und der rettenden Idee! Penelope wollte es so genau nicht wissen und ließ sich nach seiner Rückkehr von Geschenken und amüsanten Geschichten einwickeln. Das neueste Tuch gefiel ihr auf Anhieb, das Muster zeigte schwarze Schiffe auf tiefblauem Grund. Er traf ihren Geschmack noch immer: Sie liebte changierende Stoffe. An den guten Tagen webte sie die Geschichte vom wunderbaren Paar, das alle Irrfahrten überstehen kann. An den schlechten Tagen nagten die Zweifel an diesem Gespinst ... und nachts, im Traum, rissen die Fäden und wurden zu Tentakeln und schlangen sich um ihren Hals, bis sie nach Luft schnappend hochschreckte.

Qualvolles Warten:

... *warten auf die Regel, die schon seit Tagen über der Zeit ist*

... *warten auf das Geräusch des Schlüssels*

... *warten auf das erlösende „ich dich auch"*

28

4:23 Uhr. Er beginnt langsam kalt zu werden. Ihr ist bereits kalt. Irgendwann kann man die Augen nicht mehr verschließen: Sie schaut ihrem toten Ehemann direkt ins Gesicht. Der Schmerz in ihrem Kopf wird unerträglich und dazu kommt ein Würgereiz.

Ein Bild drängt nach oben: Wie sie zufällig ihren Mann mit einer Frau aus einem Café gehen sieht, Arm in Arm. Wie sich der kleine, nicht mehr ganz junge Mann vor der anderen aufspielt. „Lachhaft" war ihr erster Gedanke. Bei der nächsten Frau war ihr nicht mehr nach Lachen zumute. Fast zehn Jahre hatte er ein Verhältnis mit einer, in einer gar nicht so weit entfernten Stadt. Die Scheidung stand nie zur Debatte: Ihr Mann war klug genug im entscheidenden Moment die richtige Wahl zu treffen. Ihr Sohn? Ein junger Mann, der im Schatten des Vaters groß geworden und blass geblieben war.

Damals hatte sie begonnen, sich bevorzugt schwarz zu kleiden. Er mochte das nicht, seine Farbe war rot! Roter Wein, rotes Hemd, roter Hals. „Roter Kopf? Mir geht es bestens." Ihre Bedenken wischte er beiseite, mit einer herrischen Geste.

Die Schwalben, sie müssen zurückkehren, sie tun das jedes Jahr ... Oktober, November, Dezember, Januar, Februar ... jedes Jahr. Schon 20 endlose Jahre lang.

4:27 Uhr. Penelope reißt die Hand an den Mund, hastet in die kleine Toilettenkabine und übergibt sich. Sie wäscht Mund, Gesicht und Hände im lauwarmen Wasserstrahl und schaut in den Spiegel. Ihr Blick war so lange auf den Horizont gerichtet, dass ihr das eigene Bild nicht scharf werden will. „Witwe", denkt sie. Sie steht da in ihrem hellen Twin-Set ... eine weiße Witwe ... eine „tadellose Erscheinung". Fast tadellos: An einer Stelle ist das wollene Gewebe ihres Pullovers gerissen. Ein langer Faden hängt lose herab. Sie greift unweigerlich an diese Stelle in Herzhöhe. Ein Schaden, der nicht mehr zu beheben ist.

Eisiges Warten:
... *warten auf schlechte Nachricht*
... *warten bis, das Stöhnen im Nebenraum erstirbt*
... *warten, lange genug, um sicher zu gehen, dass die Rettung zu spät eintreffen wird*

Sie tritt an das Bett heran. Sanft und sorgfältig zieht sie das weiße Tuch über das Gesicht ihres toten Mannes. Sie verlässt diesen Ort. Penelope – wartet nicht mehr.

Margot Krottenthaler

Hundstage

Sandra wachte auf und es war stockdunkel. Sie schaute auf ihren Wecker. Drei Uhr siebenundzwanzig und Donnerstag, der 12. August. Sie machte die Bettlampe an und sah, dass ihre Haut vor Feuchtigkeit glänzte wie die Haut einer Schnecke. Wahrscheinlich war sie aufgewacht, weil sie schwitzte. Es nützte nicht viel, dass sie das Fenster auf Kipp gestellt hatte, im Gegenteil. So kam bloß dieser Lärm rein von draußen. Sie setzte sich auf, um zu horchen, was das war, da hörte der Lärm auf. Sie sprang aus dem Bett, ging zum Fenster und schaute hinaus. Über dem Wohnblock auf der anderen Seite der Straße hing ein großer Mond, der die Stadt beschien und die Ebene, in der sie sich ausbreitete. Dieser Mond hatte ein schrundiges Gesicht wie ein vom Leben gezeichneter alter Mann, hinter dessen Schädelknochen es für freundliche Gedanken keinen Platz mehr gibt.

In seinem hellen Licht sah sie nicht nur die hoch aufragende Birke im Vorgarten, sondern auch ihre Blätter, selbst den Hundehaufen vor der Bäckerei sah sie, dabei war der gut zwanzig Meter entfernt. Dann entdeckte sie den Mann, der vor dem Baum stand. Er schien diesen anzustarren und ihn anzuschreien. Auf der Rinde konnte sie mit einiger Mühe fingerlange dunkle Umrisse erkennen, die sich sehr langsam aufwärts zu bewegen schienen. Alle paar Minuten stieß der Mann Schreie aus und klatschte in die Hände, als könne er damit für mehr Bewegung sorgen, gerade so, als habe er Schlangen vor sich oder Koalabären, die er mit seinem Klatschen und Schreien erschrecken und zu eiligerem Hochklettern antreiben könne. Der Mann ist irre, dachte sie und machte das Fenster auf.

„Was tun Sie da?", rief sie in einem Ton, der zwar ärgerlich, aber nicht aggressiv drohend war.

„Das sind Nacktschnecken", antwortete er und zeigte auf die fingerlangen Umrisse. „Die sind jetzt scheinbar alle unterwegs."

31

„Iieh, wie eklig!", entfuhr es ihr. „Manchmal sehe ich auf der Straße ganz viele."

„Ja, wenn es regnet. Haben Sie sich schon einmal gefragt warum? Ganz einfach: Die Viecher mögen es nicht, wenn zu viel Wasser daher kommt und nichts hassen sie so sehr wie das Ersaufen. Kriechen vor dem Wasser davon, verstehen Sie?"

„Mag ja sein, aber heute ist eine warme, trockene Augustnacht. Keine Spur von Nässe."

Der Mann zog scharf die Luft ein. „Sie wollen wissen, warum die alle den Baum hoch kriechen, stimmt's? Tja, das ist eine gute Frage. Fällt Ihnen keine Antwort ein?"

„Hatte bisher keine Zeit, mich damit zu beschäftigen. Auch keine Lust. Warum sollte ich über Nacktschnecken nachdenken?"

„Sehen Sie", fuhr er eifrig fort, „in Internet-Blogs diskutiert man zur Zeit das Thema. Die meisten Blogger meinen, dass diese Tiere etwas spüren, und nur wir Menschen merken nichts."

„Worauf wollen Sie hinaus? Nun sagen Sie schon! Kommt bald ein Erdbeben und die Nacktschnecken wissen das?"

„Nein, kein Erdbeben. Dann würde es keinen Sinn machen, dass sie die Bäume hochklettern." Er holte mit Daumen und Zeigefinger der rechten Hand einen der dunklen Umrisse, legte ihn auf den Handteller der linken, dann zerquetschte und zerrieb er das Etwas mit der Stirn. „Sehen Sie", meinte er gleichmütig, „das kann unser Schädel: kaputt machen. Aber zu viel mehr taugt er einfach nicht."

„Hören Sie auf damit! Ich will das nicht hören. Sagen Sie mir lieber, warum die Nacktschnecken auf die Bäume klettern. Warten Sie, ich komme runter. Das will ich mir mal ansehen."

Schnell, schnell, dachte sie, griff nach der Hose und dem Pulli, alles andere ließ sie liegen, kämmte sich in Eile und schlüpfte dann mit den nackten Füßen in ihre Schlappen. Sie fühlte sich schon ein bisschen komisch, als sie so schlampig angezogen hinaus ging zu dem fremden Mann. Kaum dass sie neben ihm stand, nahm er eine zweite Nacktschnecke, zerquetschte und zerrieb

32

sie auf die gleiche Art wie die erste. „Keine Angst, ich sage jetzt nichts", meinte er. Dann lachte er, aber es war kein fröhliches Lachen.

Da hatte sie genug und ging zurück. Sie legte sich hin, drehte sich hin und her, konnte nicht einschlafen. Es war noch immer grässlich heiß im Zimmer und die ganze Zeit dachte sie an die Nacktschnecken.

Peter Asmodai

My Baby Shot Me Down

„Zeitpunkt des Todes: Dreiuhrsiebenundzwanzig."

Die Stimme des Mannes klang sachlich, routiniert. Sie schien gleichzeitig von irgendwo über und hinter ihr zu kommen. Ein Bewegen des Kopfes, um den Urheber der Stimme zu lokalisieren, war jedoch unmöglich. Ihre Augen waren geöffnet, aber ihr regloser Blick beschränkte sich auf den kleinen Bereich direkt vor ihr.

Wer ist gestorben, wollte sie fragen, brachte jedoch keinen Ton heraus. Sie versuchte, sich mithilfe einer Handbewegung bemerkbar zu machen. Doch so sehr sie sich auch anstrengte, sie konnte keinen Finger rühren. Es war, als wäre sie ein Funkgerät, das nur auf Empfang geschaltet war. Sie konnte sich nicht erinnern, wie sie überhaupt in diese Lage geraten war. Sie schien seit einer Ewigkeit in diesem Zustand zu sein, vielleicht auch erst seit dieser Sekunde. Darüber nachzudenken, brachte sie keinen Schritt weiter. Also versuchte sie zu rekonstruieren, wo sie sich befand und, noch wichtiger, wie sie dorthin gekommen war.

Ich muss mit etwas Naheliegendem anfangen, dachte sie. Direkt über ihr befand sich eine Lampe, die ein weiches Licht verströmte.

Eine Deckenleuchte. Ich liege auf dem Rücken.

Als nächstes konzentrierte sie sich auf den Fußboden. Unter ihren Fingerkuppen spürte sie einen langflorigen Teppich. Sie konnte nicht wissen, welche Farbe er hatte, aber irgendetwas sagte ihr, dass er grau sein musste.

Ein schwacher Geruch kroch in ihre Nase. Anders konnte sie es nicht beschreiben, denn aktiv einatmen konnte sie ihn nicht. Er brandete in Wellen heran, mal stärker, mal schwächer. Warm, süßlich, irgendwie vertraut. Sie wusste nicht, was es war, dennoch löste der Geruch in ihr eine unerklärliche Abscheu aus. Sie hätte sich übergeben, hätte ihr Brechreiz funktioniert.

Während sie noch nach einem Namen für den Geruch suchte, legte sich plötzlich scherenschnittartig ein Schatten über ihr

Gesichtsfeld. Er wurde größer, bis er beinahe vollständig den Lichtkegel verdeckte. Gleichzeitig spürte sie einen Atemhauch auf ihrer rechten Wange.

„Ist sie wirklich tot?", fragte eine männliche Stimme ganz dicht an ihrem Ohr, eine andere Stimme als vorhin. Sie klang höher und gepresst, wie von unterdrücktem Schluchzen. Sie fühlte, wie etwas Feuchtes auf ihrer Wange landete. Eine Träne?

„Ja", sagte die erste Stimme. „Sie hat keinen Puls mehr. Der Schuss wurde aus nächster Nähe abgegeben und ist mitten durchs Herz gegangen. Da ist nichts mehr zu machen. Es tut mir leid."

Sie sprechen über mich, dachte sie erstaunt. *Sie denken, dass ich tot bin, und ich kann nichts tun.* In ihr Erstaunen mischte sich Panik.

Nein, nein! wollte sie schreien, *ich lebe noch! Ich kann euch hören! Ich kann das Licht über mir sehen, den Teppich unter mir fühlen. Ich kann Blut riechen.*

Im selben Moment, als ihr Gehirn dem Geruch endlich einen Namen gab, wurde ihr klar, dass es ihr eigenes Blut war, das sie roch. Dann stimmte es also. Sie war erschossen worden. Man hatte sie für tot erklärt.

Nein, dachte sie. Solange ich noch meine Sinne beisammen habe, solange ich noch denken kann, gebe ich nicht auf. Ich muss es nur wollen, dann kann ich mich bemerkbar machen.

Noch immer war der Mann über sie gebeugt. Sie konnte seine klamme Hand an ihrer Wange fühlen. Für einen kurzen Moment ruhte sein Blick in dem ihren, und sie meinte, hinter seiner Verzweiflung noch etwas anderes wahrzunehmen. War es Erleichterung? Sie konnte es nicht sagen, so schnell war der Eindruck verflogen. Ihr Blickfeld verdunkelte sich ganz, als er sich über sie beugte und sie auf die Stirn küsste. Selbst seine Lippen waren eiskalt. Oder war sie es selbst, die eiskalt war? Jetzt beugte er sich wieder zurück, sein Atem ging ruhiger. Die Finger seiner rechten Hand näherten sich ihrem Gesicht, und ihr wurde klar, dass er ihre Augen schließen wollte.

35

Dass er sein Gesicht so nah an ihrem hatte, musste sie für sich nutzen. Mit einer Willensanstrengung, die sie nie für möglich gehalten hätte, konzentrierte sie all ihre verbliebenen Kräfte in den Stimmbändern. Einen Laut, einen einzigen, und sei er auch noch so schwach, musste sie einfach hervorbringen. Luftholen konnte sie nicht, also musste sie ein tiefes Atemholen, wie vor einem lauten Schrei, visualisieren. Ihre Lippen bewegten sich millimeterweise auseinander, und ihrer Kehle entrang sich ein heiseres, beinahe unhörbares Röcheln.

Hanna erwachte schweißüberströmt, den Schrei noch auf den Lippen, für einen Moment orientierungslos. Sie blickte um sich, registrierte die zerwühlten Laken, den Pyjama, der an ihrem Körper klebte, ihr wild klopfendes Herz. Registrierte, dass sie fähig war, sich zu bewegen, zu blinzeln, zu atmen, sich den Schweiß von der Stirn zu wischen. Sie seufzte, tief und erleichtert, bevor sie auf den Wecker neben ihrem Bett blickte. Die Uhr zeigte 3:17.

Es war nicht das erste Mal, dass Hanna von solchen Alpträumen heimgesucht wurde, aber dieser hier war besonders realistisch gewesen. Normalerweise erwachte sie, bevor jemand ihren Tod feststellte. Normalerweise tauchte auch ihr Verlobter José nicht in den Träumen auf. Sie fragte sich, ob es etwas zu bedeuten hatte.

Sie hoffte, José würde bald von der Pokerrunde mit seinen Freunden zurückkehren. Bis dahin wollte sie halbwegs wie ein normaler Mensch aussehen. Sie tapste barfuß ins Bad, zog sich aus und wusch sich gründlich mit einem Waschlappen. Sie kämmte sich die Haare und zog einen frischen Pyjama an. Dann lächelte sie ihrem viel zu bleichen Spiegelbild zu, drehte sich um und verließ das Bad. Sie würde sich noch einen kleinen Drink genehmigen, um sich weiter zu beruhigen. Eigentlich vertrug sich Alkohol nicht mit ihren Tabletten, aber heute konnte sie einmal eine Ausnahme machen.

Sie betrat das Wohnzimmer und genoss das Gefühl, wie ihre nackten Füße nach den eiskalten Fliesen den weichen, warmen

36

Flor des grauen Teppichs betraten. Sie streckte die Hand nach dem Lichtschalter aus, doch das Licht ging an, noch bevor sie den Schalter betätigt hatte.

Keine drei Meter von ihr entfernt stand José. Er war also zurück von seinem Pokerabend. Gut, dann konnte sie gleich mit ihm sprechen, oder zumindest in die Sicherheit seiner Arme fallen. Das Gespräch konnten sie auch morgen noch führen. Bei Tageslicht sah sowieso gleich alles anders aus.

„Hallo." Sie lächelte ihn an. Er lächelte zurück, doch das Lächeln erschien ihr seltsam ausdruckslos. Sie konnte seinen Blick nicht deuten, aber er machte ihr Angst.

„Es tut mir leid." sagte er.

„Was tut dir leid?" Unter seinem Blick wurde ihr eiskalt.

„Dass du damals unbedingt diese Zeugenaussage machen musstest. Ich wollte dich daran hindern, weißt du noch?"

Sie nickte, zu fassungslos, um zu antworten.

„Aber *du!* Du wolltest ja unbedingt das Richtige tun. Dann hast du den Fehler gemacht zu glauben, du wärst hier sicher. Wo es doch ein Leichtes ist, in Südamerika deine Leiche verschwinden zu lassen. Schade, dass es so kommen musste, ich mochte dich wirklich."

Sein bedauerndes Lächeln war das letzte, was Hanna sah. Der Schuss seiner Pistole das letzte, was sie hörte. Den Mann, der einen Moment später die Wohnung betrat, hörte sie schon nicht mehr.

Er näherte sich der Leiche, die ausgestreckt auf dem grauen Teppichboden lag. Mit geübter Geste prüfte er ihren längst versiegten Puls. Das Blut sickerte langsam aus der Schusswunde in ihrer Brust.

Die Uhr zeigte 3:27.

Heidi Lackner

37

Schmetterlingstränen

3:27 Uhr. Samstagmorgen. Ich steige aus dem Nachtbus. Die Luft ist immer noch lau. Von der Bushaltestelle weg schleppe ich mich zu den Reihen der Radständer, die im Schein der Laternen aussehen wie graue Gerippe. Mein Fahrrad wartet auf mich.

Im Club war's voll fett gewesen, aber jetzt will ich endlich in die Heia. Ich ziehe an den ersten Rädern vorbei. Die Stelle, wo ich mein Fahrrad abgestellt habe, kommt näher. Muss nur das Schloss aufschließen und mich auf den Sattel schwingen und …

Nanu, mein Bike steht nicht dort, wo es sein sollte. War wohl doch etwas weiter hinten. Nein, da steht es auch nicht. Habe ich das Teil nicht in dieser Ecke abgestellt? Sehe genauer nach. Das ist nicht mein Rad, das nächste auch nicht.

Suche weiter die Fahrradständer ab. Ist das mein Rad? Nein, meines hat keinen Korb. Etwa drei Dutzend Fahrräder warten noch auf ihre Besitzer. Wieso stehen bloß um diese Zeit noch so viele herum? Moment, ist das da mein Rad? Nein, die Lenker stimmen nicht. Es liegt nur am Licht. Als ich mein Fahrrad vor Stunden geparkt hatte, schien die Sonne noch. Jetzt sieht im Halbdunkel der Straßenlampen alles anders aus. Weiter im Takt. Na, wo is' denn mein Rad? Na, wo isses denn, wo isses denn?

Schmetterlingstränen in der Seifenblasendämmerung! Wo ist mein Fahrrad?!

Denk nach! Wurde mein Fahrrad gestohlen? Niemals! Das passiert anderen Deppen, nicht mir! Mensch, hatte ich überhaupt daran gedacht, das Speichenschloss zu schließen? Mal sehen. Am Schlüsselbund ist der Haustürschlüssel, der für die Arbeit … Mist, der Fahrradschlüssel fehlt, ich habe mein Bike nicht abgeschlossen. – Halt! Entwarnung, da ist er ja. Als ob ich je vergessen könnte, mein Rad zu sichern.

Mein Fahrrad bleibt unauffindbar. Irgendjemand muss es mitgenommen haben. Geklaut, entwendet, gestohlen! Das darf doch nicht wahr sein?! Nicht das Rad, das ich zum 17. bekommen

38

habe. Nicht mein Bike, mit dem ich einen Sommer lang durch die Eifel getourt bin. Nicht mein Fahrrad!

4:13 Uhr. Bin zurück in meiner Wohnung und versuche einzuschlafen. Ich wälze mich hin und her. Mein Fahrrad ist weg! Wer hatte das Recht, es mir zu nehmen? Hat sich der Dieb zehn Jahre lang um mein Bike gekümmert? Platte Reifen ausgewechselt oder das Rad in die Werkstatt gebracht, als die Kette gerissen war? Weiß der Dieb, wie die Schramme ins vordere Schutzblech kam? Oder warum am Gepäckträger ein Borussia-Dortmund-Fähnchen hängt? Endlich siegt die Erschöpfung über meine Aufregung.

9:30 Uhr. In der Google-Suche gebe ich *Fahrraddiebstahl melden* ein. *Erstatten Sie Anzeige bei der nächstgelegenen Dienststelle.* Aha? Möglichst genau das gesuchte Objekt beschreiben. Modell, Baujahr, Rahmennummer. Okay.

Was mache ich bloß, wenn mein Rad nicht wieder auftaucht. Augenblick! Was steht da? *Warten Sie einen Tag. Manchmal wird das Fahrrad wieder zurückgestellt.* Super! Morgen gehe ich zurück zur Bushaltestelle. Bestimmt wartet mein Bike dort auf mich. Mein Leben wird unverändert bleiben.

10:00 Uhr. Sonntagmorgen. Die Sonne brennt bereits vom wolkenlosen Himmel. Ich bin auf dem Weg zur Haltestelle. Mein Fahrrad wird dort sein. Bestimmt schwitze ich nur wegen der Hitze.

Kirchenglocken beginnen zu läuten. Jeder Schritt bringt mich näher ans Ziel. Mein Fahrrad wird dort sein. Sonst muss ich den Diebstahl bei der Polizei melden, für die es nur ein lästiger Routinefall sein wird. Nicht Mamas Geschenk!

Ich fange an zu laufen. Gleich um die Ecke ist die Haltestelle. Mein Fahrrad muss da sein. Sonst bin ich nur eine Nummer in der jährlichen Statistik für Verbrechensopfer. Sonst ist dies nur eine Geschichte über einen banalen Diebstahl, die sich nicht zu erzählen lohnt.

10:57 Uhr. Am Himmel lacht noch immer die Sonne. Es klingelt an der Pforte des örtlichen Polizeireviers. Über den Lautsprecher fragt ein Beamter nach dem Anliegen. Die Statistik antwortet mit meiner Stimme: „Ja, hallo. Ich möchte eine Anzeige gegen Unbekannt machen. Mein Fahrrad wurde gestohlen."

Stephan Priddy

Schafsseelen

Vater unser, der du bist im Himmel, geheiligt werde dein Name. Dein Reich komme. Dein Wille geschehe, wie im Himmel, so auf Erden.

Der junge Steinadler kreiste lange über den schroffen Hängen des Graukrüntener Tals, bis er schließlich die tiefer gelegenen Wiesen der Hochalmen inspizierte, die krummen Tannen umkreiste und mit einem schrillen Schrei verkündete, dass nur ihm die Freiheit der Lüfte beschieden sei. Dann stürzte er hinab und ergriff die hochträchtige Häsin mitsamt der ungeborenen Frucht.

Bartolomeo rieb sich die Wangen und beobachtete den Steinadler. *Ein prächtiges Tier!* Und doch stieg das leise Bedauern für den Lauf der Welt in ihm empor. *Und gebenedeit sei die Frucht deines Leibes.*

Bartolomeo sprach oft mit sich selbst und mit Gott, wenn er hier draußen ganz alleine in den Bergen war. Und er sprach mit seinen Schafen. „He meine Schöpplein, he meine Schöpplein, wie seht ihr heute nur aus? Seid ihr müde von euren langen Wegen? Kommt, nehmt ein wenig Salz, meine Schöpplein und dann lauft!" Der Geruch seiner Schafe nährte Bartolomeo. Vielleicht lag es daran, dass er auf seinen Wanderungen so selten Hunger bekam. Dabei lebte er anstrengende Tage, weil er jedes Frühjahr die Schafe von seiner Alm auf die höchstgelegenen Wiesen der Allgäuer Berge trieb. Er wusste instinktiv, wenn eines seiner Tiere in Not geraten war, wenn es entzündete Klauen hatte oder der Wolf sich in dessen Nähe herumtrieb. Und so wanderte er täglich, seinen Schafen und seinem Instinkt folgend, bis weit hinauf in die schroffen Hänge des Graukrüntener Tals.

„Irgendwann wirst du da draußen bleiben und ich werde keine Ahnung haben, wo ich dich suchen soll!" Annegret, sie hatte das so oft zu ihm gesagt, manchmal mürrisch, meist besorgt. Bartolomeo hatte nie mit ihr gezürnt, wenn sie mit diesen immer gleichen Worten auf der Türschwelle stand. Er mochte es sogar.

41

Dann wusste er, dass ihr wohl doch noch etwas an ihm lag. Noch immer. „Annegret, du musst dich nicht sorgen. Wenn ich da draußen bin, dann bin ich bei meinen Tieren und mit Gott!" Auch den Hund nahm er nur mehr selten mit. Er ließ ihn lieber bei ihr – bei Annegret.

Dann frischte der Wind auf. Bartolomeo blickte in den Himmel, dorthin wo der Steinadler gekreist hatte. Ein abweisender Himmel mit zerfetzten Wolken und kaltem Gesicht. Weit in der Ferne schellten die Glocken seiner Schafe. Aber im Moment faszinierten Bartolomeo der Himmel und das Licht.

Einmal hatte Bartolomeo eine Geldkassette im Geräteschuppen gefunden. Es war nicht seine. Sie war über und über mit Staub bedeckt. Seit vielen Jahren dachte Bartolomeo bei seinen Wanderungen an diese Geldkassette. Als er Annegret mitgeteilt hatte, dass er nicht mehr, wie all die anderen Schäfer, seine Tiere im September ins Tal treiben, sondern auf der Alm bleiben würde, da war etwas in ihr gestorben. Sie hatte sich immer auf die Wintermonate im Tal gefreut, auf die Kirche und auf den Geruch der Geschäfte im Dorf. „Meo, diese Alm das ganz Jahr über zu bewirtschaften ist etwas ganz anderes, als nach dem Sommer wieder ins Tal zurückzugehen. Der Winter. Diese elende Kälte! Dafür bin ich einfach nicht gemacht." Bartolomeo hatte ihre Hände ergriffen, die Hände einer zierlichen, aber kräftigen Frau. „Ich weiß, dass das nicht dein Wunsch ist, aber ich habe mich entschieden. Kannst du diesen Weg denn nicht einfach mit mir gehen? Ich kann die Welt im Tal nicht mehr ertragen. So viele Menschen. Ich kann sie einfach nicht mehr sehen!"

Vielleicht war es damals, dass Annegret begonnen hatte, Geld beiseitezulegen. Vielleicht hatte sie damals den Plan gefasst, ihn irgendwann zu verlassen und ins Tal zurückzukehren. Aber sie hatte wohl aufgegeben. Sie hatte aufgegeben, sich gegen ihn und seinen unbändigen Willen zu wehren. Seitdem sammelte sich Staub auf der Geldkassette und wurde Jahr für Jahr mehr.

42

Ach Annegret. Ich bin dir so dankbar, dass du geblieben bist! Die Dankbarkeit. Er spürte sie wie den Boden unter seinen Füßen und er spürte sie bei jedem einzelnen Schritt. Beinahe jeden Tag berichtete er Annegret, was seine Hände getastet hatten und worauf er getreten war. *Ich weiß, du hast das nie verstanden. Aber da draußen, bei den Steinen und bei den Felsen, da warst du mir nah.*

Manchmal hatte Annegret mit Bartolomeo geschimpft: „Meo, wie soll ich nur damit leben, dass du so ein gefühlloser Kerl bist? Ich weiß, dass du immer nur an deine dummen Schafe denkst. Für die rennst du bis auf das Hochtaler Horn. Die Mutigen, die Harten, die niemals Klagenden, die großen Schafsseelen. Einmal hast du im Winter die Böcke nicht von den Schafen getrennt und die Lämmer wurden im Sommer geboren und sind dann gleich dem Fuchs zum Opfer gefallen. Da hast du gelitten. Aber mich und die Kinder, uns liebst du doch nicht!" *Ach Annegret. Wenn das doch nicht alles immer so fürchterlich schwer wäre. So wie der Heuschlitten, den man irgendwann einmal einfach nicht mehr halten kann. Aber es hat sie gegeben, diese anderen Momente, die du vielleicht so bitter vermisst! Jemanden zuzudecken, weißt du, das hat sich für mich immer so warm und so richtig angefühlt. Jede Nacht war ich bei den Kindern, um ihnen die Decke über die kleinen, zerbrechlichen Schultern zu ziehen. Und auch dir habe ich die Decke so oft um dein schlafendes Gesicht gelegt. Wir sind doch alle Schafsseelen! Schafsseelen! Weißt du das denn nicht?*

Annegret war Bartolomeo eine starke Frau gewesen, eine Frau, die tragen kann. *Ich weiß, die Tage in den Bergen waren harte Tage und du hast gearbeitet bis in die Nacht. Aber wir haben die Hütte doch zu einer stattlichen Alm umgebaut. Annegret, gefiel dir das denn nicht?* Wenn Bartolomeo mit einem verletzten Schaf über den Schultern nach Hause kam, war es Annegret, die ihm die Messer für die unausweichliche Schlachtung reichte. Und auch wenn sie den Geruch hasste, so war es ihre Aufgabe,

43

das Blut von der Schlachtbank zu waschen, während Bartolomeo über den Verlust seines Tieres in Wehmut versank. Die Zeit vergeht schnell in den Bergen, zumindest schneller als im Tal. Weil sie den Menschen und den Tieren mehr abverlangt. *Wir haben jeden Tag hart gearbeitet und sind dann müde ins Bett gegangen. Ja! Ja, wir waren Schafsseelen! Aber wir waren doch zufrieden, oder etwa nicht?*

Manchmal hatte Annegret geklagt. „Wie soll ich nur damit leben, dass du so ein komischer Kerl geworden bist? Der Karl und die anderen kommen auch nur mehr zum Scheren. Wenn du für niemanden ein nettes Wort hast, ist das nicht nur deine Sache. Denn bald sind wir hier oben ganz allein." *Das waren schlimme Momente. Dann habe ich dir ein Lämmchen in den Schoß gelegt, hungrig genug, um es mit der Flasche aufzuziehen. Es war wie ein Wunder und dann hast du auch schon wieder gelacht.*

Bartolomeo schreckte auf, als hinter ihm ein paar lose Steine den Pfad herabrollten. Sein Blick schweifte über das felsige Gelände, doch er konnte nicht erkennen, was die Steine gelöst hatte. Er sah auf die Uhr und erschrak. *Mein Gott, so spät? Ich muss nach Hause!* Er zog die Gurte seines Rucksacks fester und stieg den Pfad am Fuß des Grats hinab. *Ich werde dir die Suppe von gestern warm machen und natürlich den Kachelofen anschüren. Und etwas Brot, mein Schatz. Du musst essen. Ganz langsam, das wird schon gehen.* Seit zwei Wochen war alles anders. Annegret hatte aufgehört zu lachen. Sie hatte aufgehört zu arbeiten. Sie hatte aufgehört zu gehen. Seit zwei Tagen lag sie in ihrem Bett und blickte mit verschrecktem Gesicht aus dem Fenster. *Ich werde auch die Geister vor deinem Fenster vertreiben. Alles wird gut werden, du wirst sehen.*

In der Diele des Hauses roch es nach alten Zwiebeln. Bartolomeo blickte in den düsteren Flur, aber nichts kam ihm entgegen, nur das Knarren der eigenen Schritte auf den hölzernen Bohlen. Da ergriff ihn eine Hast. Er erklomm die Stufen viel zu schnell, um dann aber doch minutenlang vor Annegrets Zimmer zu stehen. *Nein, nein, erst die Suppe. Ich muss erst in die Küche und unten nach dem Rechten sehen.*

Doch Annegret konnte nicht essen. Als er in ihr Zimmer trat, konnte sie auch nicht mehr aus dem Fenster sehen. Viel war vom Tag nicht geblieben und Bartolomeo war sich seiner Schuld bewusst. *Dabei bin ich heute gar nicht weit weg gewesen. Aber ich war so in Gedanken und mit uns beiden ganz allein.*

Dann schritt er um das Bett und legte sich zu seiner Frau. Die Sonne war längst untergegangen. Die Berge hüllten sich in tiefes Blau. Die Nacht ließ sich nicht aufhalten. Nichts ließ sich mehr aufhalten. Die Zeit war gekommen und er ließ sie vergehen. *Ach Annegret. Ich kann das nicht begreifen. Wie kannst du nur so schnell aus diesem Leben gehen.*

Es war 3 Uhr 27. War es ein Ruf oder war es die Stille, weshalb er Annegret in diesem Moment in die Augen sah? 3 Uhr 28, als Annegrets Blick nicht mehr ihr Blick war. Ihr Körper lag neben seinem. Bartolomeo lag neben Annegret – noch lange, ohne sich zu regen, nur um zu spüren, was hier und jetzt geschah. *Vater unser. Dein Wille geschehe, wie im Himmel, so auf Erden.* Irgendwann nahm er nur mehr steinerne Kälte wahr.

Bartolomeo löschte die Kerze auf dem Tisch und stieg die Treppen hinab. Er trat hinaus vor das Haus in die eisige Dämmerung. Da packte ihn der Zorn. Diese Kälte! Steinerne Kälte! Sie hat uns beide umgebracht! Bartolomeo schlug um sich. Er wollte die Kälte vertreiben. Er wollte sie zerreißen. Er wollte schreien! Fieberhaft riss er das Feuerholz aus dem Verschlag vor der Bockhütte. Fieberhaft errichtete er auf der Wiese einen hölzernen Schrein. Doch warum ging das so langsam? Viel zu langsam! Und das Feuer, er konnte das Feuer kaum glimmen sehen. Mühsam begannen die Flammen das Holz zu zerbeißen. Dabei wollte er die Flammen doch lodernd und fauchend sehen. Was von Annegret geblieben war, würde ebenfalls lodern und in Windeseile in den Flammen vergehen. Dann holte er seine Frau. Er übergab sie

45

dem Feuer, um sie der Kälte zu entreißen und dabei an ihrer Seite zu stehen.

Bartolomeo starrte in die Flammen. Doch plötzlich erwachte er wie aus tiefer Trance. Beißender Qualm stieß ihm ins Gesicht. Er wich zurück vor der Hitze und fiel taumelnd ins Gras. *Was habe ich getan?* Nun griff das Feuer um sich und verschlang, was es bekam. Mit rasendem Herzen stürzte Bartolomeo in den Geräteschuppen. Dort wich die Kraft aus seinen Beinen. Er presste die Hände auf seine Augen und kauerte sich neben den Holzstoß, unter dem noch immer Annegrets Geldkassette lag.

Irgendwann fand er sich wieder. Die Morgenröte drang durch die geöffnete Türe des Schuppens und zog ihn hinaus. Bartolomeo spürte seine schmerzenden Glieder, doch er trat auf die Wiese und kniete nieder. Das Feuer war fast bis zum Boden herabgebrannt. Auf der Tanne neben dem Haus saß der Steinadler. Da begriff Bartolomeo und weinte – laut. Da war sie, die Wärme der Schafsseelen. Sie stieg auf aus dem leisen Knistern der Glut. Vor seinen Augen verschwammen die Bilder. Nichts war mehr wichtig – nur die Wärme. Bartolomeo spürte die Nähe von Annegret.

Evi Hallermayer-Jahreiß

(Zeit-)Reisen

Die Wüste in mir

6 Uhr morgens. Erste Sonnenstrahlen tauchen die Wüste vor dir in rötliches Morgenlicht und lassen die Sandsteinfelsen in der Ferne aufleuchten. Es ist kalt hier im Schatten an der Startlinie; fröstelnd sitzt du im Sattel und ziehst den Schal enger um dich; prüfst ein letztes Mal den Sitz deines Turbans, atmest den Geruch nach Sand, Schweiß und Pferden.

Unter dir scharrt der Araberhengst ungeduldig mit den Hufen. Ein Blick nach links, zu den anderen Startern. Erfahrene Rennreiter, Beduinen, die alljährlich mit ihren Hengsten zu diesem prestigeträchtigen Rennen am Rande des Wadi Rum antreten. Dir ist klar, dass du die Außenseiterin bist, als einzige Frau und noch dazu Fremde. Es ist dir egal. Du lässt die abschätzigen Blicke der Männer an dir abprallen, weil du weißt, dass Monsoon das stärkste Pferd im Feld ist, das mit dir am wenigsten Gewicht zu tragen hat.

Endlich bequemt sich der Schiedsrichter, an die Startlinie zu treten. Seine teebraunen Augen sind gegen die aufgehende Sonne zusammengekniffen. Er hebt die Hand mit der Startschusspistole. Die Anspannung ist mit den Händen zu greifen. Die Reiter zügeln ihre Tiere, um sie im richtigen Moment freizugeben. Monsoon lässt sich kaum bändigen, er will rennen. Gerade noch kannst du einen Fehlstart verhindern, da knallt auch schon der Startschuss und du drückst Monsoon die Fersen in die Flanken. Ein großer Galoppsprung, zwei drei …

Für ein paar schreckliche Augenblicke bist du orientierungslos. Um dich herum nur Sand und Staubwolken, das Donnern der Hufe, heisere Anfeuerungsschreie der Männer. Heftiger Husten und ein Stolperschritt deines Pferdes lassen dich fast aus dem Sattel fallen. Du fängst dich rechtzeitig und schiebst dir den Schal vor dem Mund. Der Staub lichtet sich und du kannst endlich einen Blick auf das Feld vor dir erhaschen.

48

Monsoon hat die meisten Pferde samt Reiter hinter sich gelassen und macht sich an die Verfolgung des Favoriten. Jamal, arroganter Sohn eines reichen Beduinen, auf seinem sandfarbenen Hengst Samum. Er wird es dir nicht leicht machen, und er hat längst bemerkt, dass er verfolgt wird. Mit lautem „Jalla, jalla!" treibt er sein Pferd zu Höchstleistungen an. Doch du näherst dich ihm, und du weißt, noch hat Monsoon nicht sein Äußerstes gegeben. Näher und näher kommst du, du hörst dein Pferd schnaufen, sein Hals wird länger, seine Schritte raumgreifender, die Ohren liegen flach am Kopf an. Dort vorn ist die Ziellinie, Du musst ihm nur im richtigen Moment die Zügel ganz frei geben … Jetzt!

Ich öffne die Augen. Meine Nase ist in dem Schal vergraben, der noch immer die staubige Wüste in seinen Fasern trägt. Vor mir im Schlafzimmer steht die geöffnete Reisetasche. Der Geruch, der ihr entströmt, ist viel zu herb und ungezähmt für einen geschlossenen Raum in einer verregneten Kleinstadt in Deutschland. Ich greife hinein und ziehe wahllos Kleidungsstücke heraus.

Mein weites weißes Hemd – jetzt ist es grau vor Staub und fühlt sich an, als trage es noch die Sonnenwärme Jordaniens in sich. Es erinnert mich an den ersten Urlaubstag, als ich, überwältigt von der Hitze und den zahllosen Menschen, durch die engen Gassen und farbenfrohen Märkte von Amman schlenderte. Ich muss an den ersten Sonnenbrand auf meinen Armen denken. Das jordanische Tuch, das ich jeden Tag gegen die sengende Wüstensonne beduinengleich um den Kopf geschlungen hatte, fühlt sich rau und zugleich weich an unter meinen Händen. Den Schal hatte ich auf dem Straßenmarkt gekauft und seither kaum einen Abend abgelegt. Ich atme erneut ein und denke an verschwitzte Pferdeleiber und warme Ledersättel in der Sonne nach einem Tagesritt. An meinen arabischen Hengst, der mich Tag für Tag durch die Wüste trug und der kein anderes Pferd an sich vorbeiließ. An tanzenden Wüstenstaub bei Tage und tanzende Funken des Lagerfeuers bei Nacht. An beißenden

Geruch, als wir einmal versehentlich nasses Holz nachlegten. Ich meine sogar, den Duft des letzten Abendessens – Tabouleh und gegrilltes Lamm – noch wahrzunehmen. Unwillkürlich entsteht vor meinem inneren Auge der letzte Abend am Lagerfeuer, als wir ausgelassen ums Feuer tanzten und ich in die strahlenden Gesichter und glänzenden Augen meiner Freunde sah. Das Bild von Aleed, der seine Nase in meinem Schal vergräbt, während er eng umschlungen mit mir tanzt, huscht gnädigerweise nur flüchtig an mir vorbei.

Seufzend werfe ich den Schal in den Wäschekorb. Gerüche vergehen, Erinnerungen bleiben.

Heidi Lackner

Ronda ohne Bikini

Ich fuhr auf einer gut ausgebauten Straße, auf der Busse mit Touristen aus aller Welt diese einzigartige Stadt in Südspanien bereisen. Besonders spektakulär ist ihre Lage, hoch oben auf einem Plateau, an einer Schlucht gelegen mit atemberaubenden Ausblicken. Dicke Nebelschwaden türmten sich vor mir auf. Seit Tagen regnete es ohne Unterlass. Das sonst satte Grün der Berge trug einen dunklen, schweren Grauschleier. Alles war trist und schmutzig, keine Spur von der spanischen Sonne und der dauerhaft guten Laune, die dieses Land zwischen Sangria und Paella den Urlaubern bei der Buchung suggerierte. Niemand hatte gute Laune bei 7 Grad. Alle trugen Schals und dicke Jacken. Regenschirme waren nicht im Gepäck, denn man flog ja schließlich in die Sonne. Regenschirm statt Bikini! Plastiktüten aus dem Supermarkt wurden von geschickten asiatischen Touristen zu Regenhüten mit ausladender Krempe gestaltet. Aufgerissene schwarze Müllsäcke machten sich gut als Regencapes.

Das Hotel *Don Miguel* lag direkt an der Schlucht. Ein traditionelles, rustikales Haus, in dem das meiste braun und dunkel war. Wahrscheinlich hätte ich bei blauem Himmel und gnadenlosem Sonnenschein über all das hinweggesehen. Jetzt allerdings waren meine Sinne geschärft für finstere Gänge und braune Türen mit zahlreichen Schrammen, messingfarbenen, abgegriffenen Türklinken und eine Geruchspatina zwischen Knoblauch und Toilettenreiniger. Ich hatte das Zimmer 25 bekommen, mit Blick in die Schlucht – 50 Meter freier Fall. Beim Öffnen des Fensters bekam ich Herzklopfen, kein Geländer hinderte einen an dem letzten Sprung. Intuitiv ging ich einen großen Schritt zurück und beschloss, mich dem Fenster nicht mehr als eine Armlänge zu nähern, so dass ich es gerade noch schließen bzw. öffnen konnte. Ich legte meinen Koffer, gewissermaßen als unüberwindbares Hindernis, direkt vor das Fenster auf den Boden. Somit hatte ich eine Sicherheitsschleuse für mich eingebaut. In der Nacht würde ich im Dunkeln lieber über meinen Koffer stolpern, als zu nah ans Fenster kommen. Ich könnte mich ja schließlich aus Versehen, in nächtlicher Desorientierung, mit der Hand an die Scheibe stützen, dabei das Gleichgewicht verlieren und aus dem Fenster fallen. Es gibt ja nichts, was es nicht gibt! Meine Kollegen würden es dann aus der *Bild* erfahren, die auf dem Weg vom morgendlichen Coffee-to-go zum Institut im Plastikkasten vor der Bäckerei ausliegt. „Lebenslustige Münchnerin in der *Schlucht von Ronda* zu Tode gestürzt. Es war ein Unfall!" Mit Blick auf die Zimmertemperatur und den strömenden Regen draußen, rief ich an der Rezeption an, um nach einem mobilen Heizkörper zu fragen. Erstaunlich schnell wurde er in mein Zimmer gebracht. Vermutlich hatten die Hotelangestellten Mitleid mit uns Reisenden und wollten wenigstens drinnen eine behagliche Atmosphäre schaffen. Der kleine Heizkörper war dunkelbraun und hatte eine klebrige Staubschicht. Er passte perfekt ins Ambiente, ich war sogar versucht, ihn als ‚richtig kultiges Objekt' zu bezeichnen. An einigen Stellen war die Farbe abgebröckelt und weiße Flecken schimmerten durch. Ich stellte den Heizkörper auf die höchste Stufe und verließ das Zimmer.

Vor dem Hotel hatte ein Reisebus geparkt und deutsche Touristen in die Stadt gebracht. Kulturinteressierte Senioren auf einer Rundreise durch Andalusien. „So ein Dreckswetter, hätten wir ja gleich zuhause bleiben können, Helga, oder lieber nach Gran Canaria fliegen sollen. Ich wusste gar nicht, dass es in Spanien regnet." Ein Reisegast in den Siebzigern schob mit schmerzverzerrtem Gesicht und hochgestelltem Kragen seinen Trolley in Richtung Rezeption. Ich ging weiter über die Brücke. Ungefähr in der Mitte blieb ich stehen und schaute nach unten in die grüne Schlucht. Ich lehnte mich vorsichtig nach vorn über die Brüstung und konnte aus dieser Perspektive eine schmale Treppe sehen, die sich an der Seite nach unten schlängelte. Sogleich beschloss ich diesen Weg zu nehmen. Der Gedanke, dass ich Ronda gleich von ganz unten sehen würde, begeisterte mich. Der Einstieg zu dieser

Treppe war durch ein Tor gesichert. Ich nahm sehr vorsichtig eine Stufe nach der anderen, meine rechte Hand blieb die ganze Zeit über wie eine Schraubzwinge am Handlauf. Es schien eine Ewigkeit zu dauern, bis ich unten war. Aber dann war ich da! Ich wollte mich einen Augenblick setzen, um die Ruhe und diesen besonderen Ausblick zu genießen, als ich am Boden ein kleines gelbes Buch entdeckte. Schon als ich es in die Hand nahm, bemerkte ich, dass es fast trocken war. Es hatte im Schutz eines Steins kaum Regen abbekommen. Ich öffnete es und begann zu lesen:

Ich hasse Victoria! Ich bringe sie um – so eine Schlampe!
Unglaublich – ein Albtraum! Mein ganzer Körper tut weh,
will schreien vor Verzweiflung.
Warum? Warum hat du das getan? Victoria – von der
Rezeption in unser Bett.
Sie ist 21, trägt enganliegende Kleider.
Und jetzt? Was machen wir, Álvaro: Unser geliebtes Hotel,
unser Baby aus Stein. Was hast du dir dabei gedacht?
Alles hast du kaputtgemacht.
Und jetzt?
20. Mai 2016. Dieses Datum wird sich in mein Hirn und
Herz einbrennen – auf immer und ewig. Der schwärzeste
Tag unserer großen Liebe! Wir waren ein perfektes Paar!
Und jetzt?
Heute Morgen steht Victoria wieder an der Rezeption.
Traue meinen Augen nicht. Geschmacklos bist du, Álvaro!
Schaue sie an, während sie mit einem Gast spricht.
Will sie anschreien, beschimpfen.
Du schreckst wohl vor gar nichts zurück, Álvaro?
Wie kannst du mir das antun?
Suche dich im Büro und in der Bar, du bist weg.
Renne durch das ganze Hotel, auf die Terrasse, alle starren
mich an.
Ich werde dich finden. Egal wie lange es dauert.

Mit Herzklopfen schlug ich das Buch zu. Ich packte es schnell in meine Jackentasche, zog meine Kapuze über den Kopf und stieg die schmale Treppe wieder nach oben. Meinen Aufstieg begleitete ein immer lauter werdendes Gekicher und Geplapper von der Aussichtsplattform auf der Brücke – ein beliebter Platz für unvergessliche Urlaubsbilder mit dem weiten, grünen Tal im Hintergrund. Außer Atem kam ich oben an und schloss das kleine Tor.

Da waren sie wieder! Die asiatischen Touristen machten sich bereit zum Gruppenfoto. Nachdem es aufgehört hatte zu regnen, streifte einer nach dem anderen den schwarzen Müllsack ab, der als Regenschutz ausgedient hatte, und stopfte ihn entweder in seinen Rucksack oder warf ihn achtlos auf den Boden. Im grauen Licht des Nachmittags zeigten sich junge Mädchen und ältere Damen in schrillen, bonbonfarbenen Kostümen mit goldenen Doppelknopfreihen. Die Herren trugen Marken-Polohemden und Wollschals von einschlägigen spanischen Fußballclubs.

Ich rätselte, aus welchem Land die Teilnehmer der Gruppe wohl kamen. Irgendwie sahen sie gleich und doch nicht gleich aus. Eines aber hatten alle: ein Handy mit einem Selfiestick. Sie redeten durcheinander, streckten den künstlichen Arm mit dem Handy nach oben und lachten in die Displays, während sie c h e e s e schrillten. Sie fotografierten alles: sich alleine, zu zweit, zu dritt, die Müllsäcke, die Schlucht, den Himmel, die Hauswand, die Geranien auf dem Fenstersims. Aus der Menge heraus trat plötzlich ein schmächtiger Mann, der auf seinen Selfiestick einen kleinen Pandabären gebunden hatte. Er bewegte den Stab hektisch rauf und runter, sprach laut und abgehackt. Sofort war es still und alle schauten ihn an. Offensichtlich gab er jetzt das Kommando, um zum nächsten Programmpunkt zu gehen. Die Gruppe bildete sofort ein Spalier, und nachdem er nach vorne marschiert war, folgten sie ihm wortlos.

Ich hatte für heute genug gesehen und machte mich auf den Rückweg zu meinem Hotel. Auf der Brücke blieb ich einen Moment stehen, dachte an Victoria und die Verfasserin des Tage-

54

buches, deren Namen ich nicht kannte. Wahrscheinlich hieß sie Maria oder Carmen, wie Millionen spanischer Frauen. Im Hotel angekommen, setzte ich mich in der Lobby und las die Tageszeitung. Immer wieder schaute ich auf und beobachtete die Hotelgäste. Die junge Frau an der Rezeption sah übermüdet aus und reagierte auf einige Hotelgäste genervt.

Eine Ecke des Tagebuchs, das ich in meine Jackentasche gesteckt hatte, drückte gegen meinen Oberschenkel. In diesem Moment fiel mir wieder Victoria ein. *So könnte sie doch aussehen,* dachte ich. Ich bekam Herzklopfen bei dem Gedanken, dass ich mich mitten in den Aufzeichnungen des Tagebuchs wiederfand. *Kann das sein?* Ich war plötzlich so aufgeregt, dass ich die Zeitung weglegte und ins Restaurant ging. Während des Frühstücks hatte ich dort teilnahmslos die vielen eingerahmten Fotos und Zeitungsartikel an den Wänden gesehen. Von weitem konnte ich Gruppen von Männern erkennen. Zwischen ihnen stand ein Stierkämpfer in einem ockerfarbenen, brokatähnlichen Anzug. Seine Hose war hauteng, endete an den Knien und ging in glitzernde Kniestrümpfe über, an deren Seiten bunte Bommel hingen. Ich musste innerlich grinsen, denn für mich sah so ein Harlekin beim Faschingsumzug aus.

Jetzt aber wollte ich alle Fotos genau anschauen. Ich stellte mich vor das erste, sah Männer in dunklen Anzügen, den Bürgermeister von Ronda mit seiner Frau. Auszeichnungen und Urkunden wurden verteilt. Ich ging langsam nach rechts, von Foto zu Foto, und überflog mehrere Zeitungsartikel. An der gegenüberliegenden Wand sah ich Fotos aus Rondas Stierkampfarena. Ein schmächtiges Männchen im glitzernden Brokatanzug in der Mitte der Arena, umjubelt von Zuschauern.

Álvaro Gómez Díaz' großer Triumph!, lautete die Bildunterschrift. Ich fragte mich, was so ein noch junger, aber schon pensionierter Torero den Rest seines Lebens machen würde. Hatte er finanziell ausgesorgt? *Álvaro Gómez Díaz* – ich wiederholte den Namen mehrmals. Irgendwie kam er mir bekannt vor,

55

aber ich wusste nicht woher. Ich setzte mich an einen Tisch und bestellte ein Glas Rotwein. Die junge Frau, die an der Rezeption gearbeitet hatte, kam ins Restaurant und setzte sich an die Bar.

„Ich gehe jetzt nach Hause, Juan."

„Alles klar, Victoria. Bis morgen."

Das ist sie also wirklich! Ich glaub's ja nicht. Die Beschreibung passt. Und dieser Álvaro auf den Fotos. Ist das der Álvaro?

Ich holte die Speisekarte vom Nachbartisch, weil ich hoffte, etwas über den Besitzer des Hotels zu erfahren. Ich blätterte aufgeregt, fand aber keinen Hinweis. Wie konnte ich das herausfinden? Ich stand auf, um weitere Fotos hinter der Bar anzuschauen. In einem großen, kitschigen Bilderrahmen war ein Zeitungsartikel eingerahmt. Ich erkannte Álvaro Gómez Díaz in Jeans und weißem Hemd wieder. Neben ihm stand eine zierliche Frau mit blonden langen Haaren: *Álvaro Gómez Díaz und seine Frau haben das Don Miguel gekauft. Nach seinem Karriereende widmet sich der große Torero jetzt neuen Aufgaben.*

Jetzt war ich ganz sicher. Ich wusste, wer Álvaro und Victoria waren. Schnell bezahlte ich und ging in mein Zimmer. Ich musste das Tagebuch weiterlesen.

Susanne Kotrus

56

Loop

Ein heller Blitz, ein Funkenschauer, ein scharfer Schmerz, ein Aufschrei. Ruckartig ziehe ich die Hand weg, doch der Schaden ist bereits angerichtet: Meine Handfläche hat eine intensive rote Färbung angenommen.

Kollegen eilen mir zu Hilfe.

„Alles in Ordnung", stöhne ich. „Mir geht's gut. Nur eine Verbrennung an der Hand. Nichts Schlimmes." Wütend schaue ich auf den Apparat, der mich fast die Hand gekostet hat. Ich hätte besser auf den Plasmastrahl achten sollen … Wenige Minuten später versuche ich in der Krankenstation, einen Schrei zu unterdrücken, während die Schwester Desinfektionsmittel auf meine Verbrennung sprüht. Es gelingt mir nicht.

„Das wird eine fette Narbe geben, Michael!", lacht jemand. Ich verdrehe die Augen.

„Es ist nicht das erste Mal, dass ich mich verletze, Hesh", sage ich, ohne mich umzudrehen, „Und es wird mich nicht davon abhalten, meinen Traum zu erfüllen. Wenn du also vorhast, mich deswegen jetzt zu hänseln, dann nur zu. Viel Spaß."

Hesh schnaubt: „Nur darum geht es dir bei all dem, oder? Um deinen *Traum*. Dir mangelt es an Ehrgeiz. Das wird dich noch das Leben kosten."

Etwas an seinem Ton macht mich unbehaglich. Hesh hat Unrecht, ich bin extrem ehrgeizig. Nur nicht aus dem Grund, den er für den „einzig Richtigen" hält. Ich bin nicht einer der Wissenschaftler, der die erste Zeitmaschine der Welt bauen will, um Ruhm zu ernten. Es geht mir nicht um Geld oder Prestige, auch nicht um Macht über die Zeit. Es ist etwas viel Größeres als das. Es ist der uralte Traum der Menschheit, mein Traum. Ich werde ihn verwirklichen, koste es, was es wolle.

„Diese Narbe wird mich auf ewig daran erinnern, was ich hier getan habe", antworte ich Hesh ruhig. „Woran wirst du denken, wenn du in vielen Jahren mal auf deine Narbe schaust?"

Erneut schnaubend streift Hesh über die Stelle an seinem Unterarm, an der sich unter dem Hemd eine längliche Schnittnarbe hinzieht. Mit Lasern ist nicht zu spaßen.

„Ich werde an alles denken, was ich tatsächlich erreicht habe, statt vor mich hin zu träumen!", knurrt er, wischt sich die braunen Haare aus dem Gesicht und stolziert davon.

Ich seufze: „Immer so aufbrausend ..."

Es dämmert bereits, als ich endlich durch die verlassenen Hallen des Forschungsinstituts schreite. Meine Schritte hallen hohl an den Wänden wider. Kaum einer ist um diese Zeit noch hier. Meine Überstunden haben sich wieder einmal gewaltig hingezogen. Ich werde nicht vor 22 Uhr zuhause sein, aber wen soll das schon kümmern? In meinem Leben gibt es niemanden außer mir selbst.

Die Bildschirme in der Eingangshalle sind immer noch an. Szenen aus Filmen mit Zeitreisen werden von einer charmanten Frauenstimme begleitet, die uns die Wunder auflistet, welche die neue Technologie mit sich bringen wird. Ich kenne all diese Wunder auswendig. Ich bekomme sie kaum noch aus meinem Kopf. Sie sind es, die mich dazu treiben, wieder und wieder Überstunden zu machen, um dieses Projekt endlich zu einem Ende zu führen.

Der Bürgersteig ist verlassen. Die ersten Straßenlaternen haben sich bereits entzündet und verdrängen die aufziehende Dunkelheit. Mein Weg nach Hause führt an einer dunklen Gasse vorbei, die mir jedes Mal einen Schauer über den Rücken jagt. Sie wäre der perfekte Ort für einen Hinterhalt. Ich habe eindeutig zu viele Krimis gesehen.

Da sehe ich auf einmal ... Moment, war das gerade Einbildung? Was war das für ein blaues Leuchten in der Gasse? Und dieses Geräusch ... irgendwas zwischen Knistern und Rauschen ... wie eine verstärkte Version des Apparats, wegen dem meine linke Hand jetzt in weiße Leinen gewickelt ist. Ich erstarre, unschlüssig, was zu tun ist. Eine leise Vorahnung beschleicht mich, erschüttert die Tiefen meines Wesens.

58

Wir arbeiten an einer Zeitmaschine. Mit der es uns möglich sein wird, in der Zeit zurückzureisen. In eine Zeit wie … jetzt. Neugier und Angst ringen jeweils um die Oberhand. Was, wenn es jemand ist, der mir etwas antun will? Jemand, der verhindern will, dass Zeitreisen erfunden werden? Oder ist es nur jemand, der den Erfinder der Zeitmaschine mit eigenen Augen sehen will? Oder habe ich schlicht zu viel in das Licht hineininterpretiert? Es könnte auch etwas völlig anderes sein.

Dann höre ich ein schmerzerfülltes Stöhnen aus der Gasse und meine Nackenhaare stellen sich auf. Jemand dort ist verletzt. Plötzlich gibt es nur zwei Möglichkeiten: Hineinrennen, um dem Verletzten zu helfen, oder wegrennen, um mich vor dem in Sicherheit zu bringen, was ihn angegriffen hat. Oder war es nur ein Unfall? Vielleicht hat die Zeitmaschine versagt?

Ein erneutes Stöhnen. Ich habe keine Wahl. Jemand braucht Hilfe. Mein Gewissen erlaubt es mir nicht, einfach wegzulaufen. Bevor ich es mir anders überlegen kann, renne ich in die enge Gasse hinein. Sofort wird mir unbehaglich. Die Backsteinwände ragen links und rechts von mir bedrohlich in die Höhe, viel zu nah aneinander für meinen Geschmack. Aber ich erlaube mir nicht, umzukehren oder auch nur inne zu halten. Ich biege um die Ecke und da sitzt er, an die Mauer gelehnt, ein alter Mann mit schmutzigem, braun-grauem Haar, das ihm ins Gesicht hängt. Seine zitternden Hände drücken gegen den Bauch. Zwischen den Fingern sickert Blut hervor.

Ohne einen zweiten Gedanken eile ich zu ihm.

„Was ist los? Was ist passiert?" Ich mustere seine Kleidung. Sie ist schwarz und wirkt modern. Zu modern. Mein Herz schlägt schneller. Ist er wirklich aus der Zukunft? Dann sehe ich den größer werdenden Blutfleck auf seinem Overall und vergesse alles Weitere.

„Sie… Sie sind verletzt", stammle ich unnötigerweise. Was soll ich tun? Was soll ich tun?? Meine Hände zittern mindestens genauso sehr wie seine.

Er hebt seinen Blick. Zwischen den Strähnen erblicke ich ein dunkles Augenpaar, umrahmt von einem faltigen Gesicht. „Michael", flüstert der Mann. Beim Klang meines Namens läuft es mir eiskalt den Rücken hinunter. Woher kennt er …? „Ich hatte gehofft dich hier zu treffen", murmelt er und verzerrt das Gesicht vor Schmerz. „Du musst … zuhören …"

„Woher wissen Sie, wer ich bin?", hauche ich. „Ich … ich kenne Sie nicht mal …"

Das alles wirkt so … irreal. Ich kann kaum einen klaren Gedanken fassen. Einen Augenblick lang frage ich mich, ob all das vielleicht doch nicht mehr ist als ein bizarrer Traum, aber ich weiß, dass es nicht so ist. Das alles hier passiert wirklich. Ich knie gerade wirklich in einer dunklen Gasse mit einem blutenden alten Mann auf dem Boden, der meinen Namen kennt.

„Noch kennst du mich nicht", sagt er. „Eines Tages wirst du es." Er muss jedes Wort zwischen zusammengebissenen Zähnen herauspressen. Seine Haut glänzt vor Schweiß. Er braucht einen Arzt. Das ist der einzige klare Gedanke, den ich fassen kann.

„Ich hole Hilfe!" Als ich aufspringen will, schießt die Hand des Fremden hervor und packt mich am Ärmel: „Nein! Keine Zeit! Du … du musst zuhören!"

Ich will mich losreißen, aber sein Griff ist überraschend stark.

„Du darfst deine Arbeit an der Zeitmaschine nicht fortsetzen! Sie wird … nur Probleme bringen. Leid. Es gibt Menschen … die würden alles tun … um die Macht über die Zeit zu haben."

Ich weiß nicht wieso, aber plötzlich schießt mir Hesh durch den Kopf. Das, was er heute gesagt hat …

„Wenn du endlich erkennst, was du angerichtet hast", fährt der Mann fort, „wird es bereits zu spät sein … ich bin hierhergereist, um dir das zu sagen. Zeitreisen dürfen nicht erfunden werden!"

Diese Worte … es wäre nicht annähernd so schmerzhaft gewesen, wenn er mir einfach ein Messer in den Bauch gerammt hätte.

60

„Es ist mein Traum ...", sage ich leise. Unwillkürlich spüre ich, wie sich Tränen in meinen Augen sammeln. Ich kann doch nicht einfach meinen Kindheitstraum aufgeben! Aber ... wenn es solche Auswirkungen haben wird ...

„Träume gibt es wie Sand am Meer", presst der Mann hervor. „Es gibt andere Dinge außer Zeitmaschinen, die das Leben lebenswert machen. Du kannst einen neuen Traum finden, wo du ihn am wenigsten erwartest. Du ... du hast dies erst erkannt, als es zu spät war. Eben dieser Traum, dem du dein Leben gewidmet hast, hat dich in meiner Zeit das Leben gekostet. Ich gebe dir eine Chance, die Fehler nicht zu wiederholen."

„Ich ... ich weiß nicht, ob ich das einfach aufgeben kann", stammle ich. „Ich kann mir nicht vorstellen, für etwas anderes zu leben als meinen Traum ..."

„Könntest du für die Frau leben, die du liebst?", fragt er.

Ich stocke. Meine Augen weiten sich. Was für eine Frau ...?

„Genau", murmelt der sterbende Unbekannte und erkämpft sich ein Lächeln. „Sie heißt Sarah, und ist die schönste Frau der Welt ... Du wirst sie noch kennenlernen. Doch wenn du erkennst, dass sie dir wichtiger war als alles andere auf der Welt, wird es zu spät sein. Dein Traum wird zuerst ihr das Leben kosten und dann dich. Es sei denn du veränderst den Lauf der Geschichte. Du hast die Wahl ..."

Sein Blick wandert ins Leere. Seine Züge erstarren langsam. „Du hast die Wahl", murmelt er noch schwach, dann ist es vorbei. Seine freie Hand löst sich von seinem blutverschmierten Bauch und fällt zu Boden. Etwas entgleitet seinen erschlafften Fingern ... ein Foto. Das Foto einer wunderschönen Frau mit wildem, rotem Haar und grünen Augen. Blutspritzer bedecken das Papier.

Eine dunkle Vorahnung packt mich. Meine bandagierte rechte Hand kribbelt unheilvoll. Ich schaue mir die rechte Handfläche des Toten an. Schmutzig, besprenkelt mit schwarzen, braunen und roten Punkten. Die Haut darunter ist rau. Aber der Arm darüber ... Ich reiße den Ärmel auf. Der abgenutzte Stoff gibt mit

61

Leichtigkeit nach. Eine längliche Narbe zieht sich über den Unterarm.

Mit Lasern ist nicht zu spaßen.

Guilherme Domingos

England!

England ist golden und schwarz. Das habe ich mir – im Puppenhausalter – so vorgestellt. Vielleicht weil es wie *Engel*-Land klingt. Engel, mit großen goldenen Flügeln, hatte ich in unserer Dorfkirche gesehen. In diesem „England" ist alles aus Gold: die Tore, die Häuser, sogar die breiten Straßen. Und weil Gold besonders prächtig vor dunklem Hintergrund wirkt, scheint Schwarz der passende Begleiter.

Wir hatten zuhause eine große, verbeulte Dose, in der die Weihnachtsplätzchen aufbewahrt wurden. Ursprünglich war es eine Dose für Bonbons der Marke Mackintosh: *Quality Street*. Niemand konnte mir sagen, auf welchen Wegen dieses Behältnis zu uns nach Hause gekommen war. Auf der Dose waren Zeichnungen abgedruckt von feinen Damen – in langen bauschigen Röcken und mit Handschuhen –, die von ebenso feinen Herren in Uniform begleitet wurden. Ich meine mich an eine Kutsche und farbige Hausfassaden zu erinnern. Wie wunderbar muss es für Kinder in einem Land sein, in dem man Bonbons nicht nur in bescheidenen Tütchen, sondern in großen Blechdosen bekommt?

An noch eine „englische" Süßigkeit erinnere ich mich: *After Eight*. In einer dunkelgrünen Schachtel waren viele einzeln verpackte Minzplätzchen verborgen. Die Verpackung roch noch lange nachdem das letzte Täfelchen aus seiner schwarzen Umhüllung genommen und verspeist worden war nach Pfefferminze und Papier. Das Prachtstück meiner Puppenhauseinrichtung war eine Kaminuhr – von mir höchstpersönlich ausgeschnitten aus einer solchen Schachtel. Diese goldene Papieruhr – aus England – brachte Glanz in meine Puppenstube und ich fand es absolut stimmig, sie mitten in meine rustikale Bauernküche aus blauem Plastik zu stellen. So kam ein winziges Stück England in meine kleine Welt! Ein Widerschein einer fremden Welt, in der alles schön und glänzend und süß ist. Dieses England ist kein Landstrich mit Hügeln und Wiesen und kleinen Dörfern, wie ich das

63

als Kind vom Land bestens kannte: Es ist eine Stadt. England ist auf jeden Fall eine große Stadt! Mit Häusern wie auf dieser Bonbondose. Eine alte Stadt, in der galante Herren mit ihren feinen Damen wohnen – und gelegentlich sogar prächtige Engel durch die breiten Straßen schreiten.

Jahrzehnte später stand ich vor dem Tor des Buckingham-Palasts: Die Gitterstäbe sind schwarz und golden.

Margot Krottenthaler

Gestern hab ich den Zufall getroffen

Der Tod wird überbewertet

„Kannst du mal kurz auf ihn aufpassen?" Sie fragte ihn, obwohl er irgendwie spooky aussah. Neben der Spur. Deplatziert. Nicht nur weil er an diesem frühherbstlich warmen Tag ein schwarzes Jackett trug. Sein Gesichtsausdruck war irgendwie jenseitig. Aber er war der einzige an ihrem Tisch. War ja auch nicht viel los hier an einem Wochentag.

Er schien seinen Blick von sehr weit herholen zu müssen, bis er sie fokussierte. Vielleicht trug er ja die falsche Brille.

„Will mir nur kurz ein Weißbier holen", sagte sie. Er sah sie mit offenem Mund an. Linda beugte sich hinunter und streichelte ihren Hund. „Und ein bisschen Wasser für ihn."

„Äh. Entschuldigung. Äh. Ich bin nicht geeignet … Warten Sie!" Sie war schon aufgestanden und ging Richtung Schenke. Der Mann im Jackett schaute ihr nach. Sie drehte sich um, rief: „Nicht anfassen", und balancierte auf ihren High Heels weiter über den knirschenden Kies. Er schaute unter den Tisch. Der Hund sah aus wie eine Mischung aus Pinscher und Schwein, er stand in Habacht-Stellung da, das Maul offen, die Ohren aufgestellt. Er zitterte. Dann fing er an sich um sich selbst zu drehen.

„Ganz ruhig. Sie kommt gleich wieder." Der Hund verhedderte sich immer mehr in der Leine. Der Mann schwitzte und stand auf, um sein Jackett auszuziehen. An der Schenke standen drei Männer an, die Hundebesitzerin war nicht zu sehen. Er beugte sich wieder unter den Tisch. „Sie kommt bestimmt gleich wieder", sagte er. „Ruhig. Bitte bleib ruhig!" Immer schneller drehte sich der Hund im Kreis, als würde er tanzen zu der Musik aus den scheppernden Lautsprechern des Retro-Kettenkarussells. Als die Musik stoppte, war der Hund so verstrickt in seine lange Leine, dass er sich nicht mehr bewegen konnte.

Die junge Frau stellte ein Weißbier und einen Teller auf den Tisch, ein metallenes Schälchen mit Wasser auf den Boden. Der Mann hielt den Atem an. Winzige Fetttropfen traten aus der röschen

66

Haut des Grillhendls. „Ist ja gut, ist ja gut." Sie wickelte den Hund aus der Leine, wuschelte ihn und kam wieder hoch.

„Es tut mir leid", sagte der Mann, „ich bin nicht gut … mit Hunden. Ich meine, ich habe keine Erfahrung."

„Kein Problem. Er lebt ja noch. Hat sich nicht stranguliert." Dann deutete sie auf das Hendl. „Möchtest du auch?"

„Vielen Dank …"

„Flügel oder Schenkel?"

„Danke, danke, nein, nein. Äh, ich bin Vegetarier."

Der Hund kaute auf seiner Leine herum, machte Geräusche, als würde er würgen. „Ignorier ihn einfach. Er ist gestört, ein Spacko." Sie riss ein Stück Haut vom Hähnchen und steckte es in den Mund. Dann zupfte sie etwas von dem weißen Fleisch ab und gab es dem Hund. Er fraß es mit einem Happ, dann leckte er ihre Hand. Der Mann schob seine Brille hoch, um sie besser sehen zu können. Grünbraune Augen, mit ein paar goldenen Sprenkeln im linken. Sehr kurze, sehr schwarze Haare. Sie war fast schön.

„Vegetarier also. Mhm", sagte sie mit vollem Mund. Sie hob ihr Weißbierglas. Er rutschte auf der gegenüberliegenden Bank einen Meter in ihre Richtung, um mit ihr anstoßen zu können.

„Linda", stellte sie sich vor.

„Angenehm. Äh, freut mich." Er nahm seinen Maßkrug.

„Fleischmann." Noch nie hatte er jemand so lachen gehört. Wie ein verrücktes Kirchenglockenläuten, dröhnend, abwechselnd hell und dunkel. Er stellte sein Glas wieder ab.

„Komm her, du Spacko." Linda lachte noch immer, als sie den Hund rief. Der Hund legte seine Vorderpfoten auf ihre Schenkel, sein Sabber tropfte auf ihre zerrissene Jeans. „Das ist Kaz", sagte sie.

„Ein denkwürdiger Name für einen Hund."

„Kommt aus dem Buddhistischen. Er hatte eine schwere Kindheit. Gestört halt, ein Problemhund. Darum dachte ich: Neuer Name ist gleich neuer Start." Ihre Hand hielt noch immer das Weißbierglas in die Höhe.

„Zum Wohlsein. Prosit Linda, prosit Kaz."

Ein braunes, verkümmertes Kastanienblatt trudelte durch die Luft und landete zwischen ihnen auf dem Tisch. „Wird schon Herbst, irgendwie." Lindas Nase tauchte tief in das Weißbierglas. Fleischmann nippte nur an seinem Maßkrug, es war nicht mehr viel drin. „Ich hab ihn seit einem halben Jahr." Linda riss einen Hähnchenschenkel ab, nahm die Haut zwischen die Zähne, zog sie ab, pulte das Fleisch vom Knochen und ließ es vor Kaz fallen. „Ist nicht ganz einfach. Ich hab niemand, der auf ihn aufpasst. Also, wenn ich mal weg muss", sagte sie.

Ein farbiger Biergartenarbeiter kam an ihren Tisch und wollte den Maßkrug mitnehmen. „No, no", sagte Fleischmann und umfasste den Krug mit beiden Händen. „But it's empty!" Linda reagierte blitzschnell und schüttete die Hälfte ihres Weißbiers in den Krug. Der Arbeiter schüttelte den Kopf und ging zum nächsten Tisch.

„Hast du zufällig ne Serviette?", fragte Linda, während sie ihre Finger ableckte. Fleischmann nahm sein Jackett und zog ein gebügeltes Taschentuch aus der Tasche. Die Sonne verschwand hinter einer grauschwarzen Wolke, es wurde spürbar kühler. „Bist du Banker oder so?" Sie deutete auf das schwarze Jackett.

„Nein. Ich war auf einer Beerdigung."

„Sorry. Tut mir leid." Linda schnaufte laut aus. Das Kettenkarussell stoppte, die Musik auch. Die Kinder wurden von ihren Eltern abgeholt. Der Wind wurde stärker, das Rascheln, es herrschte Aufbruchstimmung.

„Hundepension? Hundesitter? Wäre das eventuell, äh, eine Möglichkeit?" Fleischmann hielt sich an seinem Maßkrug fest. Unter dem Tisch fing Kaz wieder an sich zu drehen.

„Nee, er ist ein Problemhund." Linda schüttelte den Kopf und zeigte auf die Kamera. „Hast du fotografiert? Ich meine, auf der Beerdigung."

„Keine Menschen. Also ich meine, äh, nur das Grab." Kaz winselte.

68

„Darf ich mal sehn?" Sie streckte die Hand aus und Fleischmann gab ihr die Kamera.

„So viele Kränze! Das gibt's ja nicht! Warte mal, was steht da auf den Schleifen: unserer geliebten Mutter, für Mutti. Wow, gleich 6 Mal. Und 13, 14, 15 Mal Omi. Moment, was heißt das? Omi, du fehlst uns."

Kaz sprang erst auf die Bank, dann auf den Biertisch und pflanzte sich vor Fleischmann auf. Er gähnte ihn an, sein Atem roch nach Grillhähnchen. Fleischmann hielt die Luft an.

Linda fragte leise: „War es deine Mom?"

„Nein, nein."

„Kanntest du sie gut?"

„Nein, nein, überhaupt nicht."

„Warum warst du dann auf der Beerdigung?"

„Nur so." Er zuckte die Achseln. „Ich gehe öfter auf Beerdigungen. Wissen Sie, ich selber habe keine Toten. Also, äh, noch nicht. Und manchmal", fügte er hinzu, „bin ich froh, wenn ich traurig sein kann."

„Kenn ich", sagte Linda. Und nach einer Weile: „Aber irgendwie ist's ja auch geil."

„Wie bitte?"

„Wenn man tot ist. Ich meine, für einen selber. Ich meine, für den Hund ist's bitter. Von wegen Bezugsperson und so. Aber für einen selber …"

„Aber wenn ein Leben erlischt …"

„Ja, aber ist doch auch so viel Scheiß dabei im Leben. Der Tod wird überbewertet. Er hat doch auch so viele Vorteile. Denk doch mal nach." Linda überlegte kurz. „Was dann alles wegfällt: Die Jobsuche. Die tausendste Absage. Die Tierarztrechnungen. Weißt du, was eine Zahnsteinentfernung beim Hund kostet? Das fällt alles weg. Ich seh's so: Es hat viele Vorteile, wenn man tot ist."

Fleischmann sagte nichts.

Der Biergartenarbeiter kam wieder an ihren Tisch und nahm Lindas Glas mit. „Finished?", fragte er und zeigte auf den Teller, auf dem noch ein halb abgenagter Schenkelknochen lag. Linda schnappte ihn und legte ihn vor Kaz. Es knackte, als er auf den Knochen biss.

„Sie war doch bestimmt hundert oder so. Da war ihre Hardware schon längst Schrott. Keine Zähne mehr, Hüfte im Arsch. Und dann die ganzen Bälger: Omi gibst du mir, Omi kaufst du mir, Omi, Omi, Omi …" Fleischmann nickte.

„Du bist ganz schön schräg, weißt du das?", sagte Linda nach einer Weile. „Auf Beerdigungen gehen von Leuten, die du nicht mal kennst."

„Aber ich kenne Sie jetzt doch, Linda!" Linda sah ihn verständnislos an.

„Entschuldigung", sagte er und hielt sich die Hand auf den Mund.

„Wie heißt sie eigentlich, diese Tote?"

„Äh … Das tut nichts zur Sache." Linda knipste das Display der Digicam wieder an. „Warte mal, da auf dem Kreuz, da steht doch was. Kann ich mal reinzoomen?" Er wollte ihr die Kamera aus der Hand nehmen, Kaz knurrte. Linda beugte sich wieder über das Foto.

„Warte mal. Heißt das … Linda?" Ihr linkes Augenlid fing an zu zittern. Der Wind wirbelte ketchupverschmierte Papierservietten durch die Luft.

„Komischer Zufall, oder?" Fleischmann nickte.

„Hast du sie nicht mehr alle?" Linda stampfte auf. „Du setzt dich an meinen Tisch, säufst mein Weißbier und dann … dann zeigst du mir ein Bild von meinem Grab?" Sie trat gegen das Wasserschälchen unter dem Tisch.

„Nein, nein. Ich wollte nicht, ich konnte nicht … Es ist, es ist wirklich ein Zufall. Nur der gleiche Name. Und ich kannte sie nicht einmal." Linda schnäuzte sich in sein Stofftaschentuch.

„Oh, Mann." Unter dem Tisch begann Kaz, sich an Fleischmanns rechtem Bein zu reiben.

70

„Jetzt hast du sie, deine erste Tote. Und du kennst sie sogar persönlich!"

„Aber Sie sind noch nicht tot."

„Noch nicht, genau! Aber irgendwann. Und ein bisschen schon jetzt. Man stirbt ja jeden Tag ein bisschen."

Fleischmann räusperte sich. „Gibt es nicht diese Vorstellung der Wiedergeburt im Buddhismus?"

Lindas Augen funkelten. „Ja fuck, und dann werd ich als Spacko wiedergeboren! Und keiner will mich, keiner nimmt mich."

„Ich könnte ihn nehmen." Linda sah ihn verständnislos an.

„Ich meine, wenn Sie mal wegmüssen. Zu einem Vorstellungsgespräch oder so", sagte er. „Kaz", fügte er hinzu, „ich könnte ihn nehmen, auf Kaz aufpassen."

Der Biergartenarbeiter raschelte mit der blauen Abfalltüte und griff mit spitzen Fingern nach dem zerknüllten Stofftaschentuch. Fleischmann kam ihm zuvor und schnappte es sich. „You have to leave now."

Fleischmann nickte und wischte sich mit dem Taschentuch das rechte Hosenbein ab.

„Was machst du da?", fragte Linda.

„Nichts, gar nichts", antwortete er.

„Hat er dich angesabbert?"

„Nein, nein, überhaupt nicht."

Die ersten schweren Tropfen fielen. „Darf ich ihn streicheln?", fragte Fleischmann nach einer Weile. Linda zuckte die Achseln. „Von mir aus." Fleischmann schaute unter den Biertisch. Der Hund lag ermattet am Boden. Fleischmann streckte langsam seine Hand aus, dann zögerte er.

„Na mach schon. Wirst schon nicht sterben, wenn du ihn anfasst."

Kaz schien erst völlig unbeteiligt, dann ließ er ein Grummeln hören. Es war unklar, woher es kam. Aus seinen Gedärmen? Oder war es ein Knurren? Fleischmann wollte seine Hand schon zurückziehen, da sagte Linda: „Ich glaub, er mag dich. Er reibt sich nur an Leuten, die er mag." Fleischmann hielt die Luft an und streichelte den Hund zwischen den Ohren. Als er aufhörte, drückte Kaz von unten den Kopf gegen Fleischmanns Hand. Fleischmann kraulte weiter.

„Ich muss jetzt", sagte Linda, nahm die Leine und stand auf. „Ich muss noch eine Runde mit ihm drehen." Sie deutete auf Kaz. Fleischmann nickte. Er steckte die Kamera in die Innentasche seines Jacketts, um sie vor dem Regen zu schützen. Linda zog den Kopf ein und ging mit schnellen Schritten zum Kettenkarussell. Die Unterseite der Überdachung zeigte einen weißblauen Himmel.

„Ich hasse es, nass zu werden", sagte sie zu Fleischmann, der ihr gefolgt war. „Aber ich liebe den Geruch von Regen." Sie fröstelte und Fleischmann legte ihr sein Jackett über die Schultern. Dann räusperte er sich und sagte: „Nehmen Sie Platz, bitte sehr." Fleischmann deutete auf den nächsten Kinder-Holzsitz des Karussells. „Und geben Sie mir die Leine." Linda wischte sich die Regentropfen von ihren Wangen.

„Weißt du, er hatte eine echt schlimme Kindheit."

„Schon gut", sagte Fleischmann, „ich weiß." Linda gab ihm die Leine. „Und er zieht wie verrückt", fügte sie hinzu.

„Das macht nichts. Ich nehme ihn. Ich halte ihn." Fleischmann hielt die Leine in der rechten Hand, mit der linken zog er mit aller Kraft an der metallenen Kette des Karussells. Nichts tat sich. Dann setzte er seine Hand weiter oben an, ging einen Schritt nach vorn, zog, zog – und das Karussell begann sich langsam zu drehen. Kaz hechelte und zog, die Schlaufe der Kunststoffleine schnitt in Fleischmanns rechte Hand.

„Ho", rief Linda, „schneller!" Sie warf ihren Kopf in den Nacken, schaute in den weißblauen Himmel und strampelte mit den Füßen. „Ich fahre Karussell! Juhu, ich lebe!"

Elvira Kolb-Precht

72

Das alte Haus

Willkommen, steht auf der abgenutzten Fußmatte.

Ich wollte doch gar nicht kommen, denke ich, während ich an der Fassade empor starre. *Oder doch?*

Ich weiß nicht einmal, wie ich überhaupt hierhergekommen bin. Auf einmal stehe ich vor dem alten Haus. Einem Haus, das seine besten Tage schon hinter sich hat. Ich sehe hölzerne Fensterläden, von denen die undefinierbare Farbe abblättert. Wilder Efeu, der die Fassade im unerbittlichen Würgegriff hält. Einzig die eisenbeschlagene Haustür, vor der ich stehe, macht einen unverwüstlichen Eindruck. Kein Klingelschild, das mir weiterhelfen würde.

Noch bevor ich den antiken Türklopfer betätigen kann, öffnet sich die Tür. Ein Mann, etwa in meinem Alter, steht mir gegenüber. Ich registriere seine wachen Augen unter den buschigen grauen Brauen. Sein Blick erinnert mich an jemanden, doch an wen, will mir nicht einfallen.

„Wir haben dich erwartet."

Wer ist wir?, möchte ich fragen, doch der Mann hat sich schon wieder umgedreht und gibt mir ein Zeichen, dass ich folgen soll. Wir betreten eine dämmerige Eingangshalle. Ich wundere mich über die kühle Zugluft und blicke nach oben. Das Dach scheint undicht zu sein. Durch notdürftig angebrachte Holzbalken schimmert Tageslicht; vereinzelt fallen Regentropfen auf den Boden.

Fröstelnd blicke ich um mich und frage mich wiederholt, was ich hier eigentlich tue. Ich werde aus meinen Gedanken gerissen, als der Mann plötzlich eine der Türen am Ende der Eingangshalle öffnet und mich bittet einzutreten. Ich betrete ein spärlich möbliertes Zimmer. Ein wacklig aussehender Stuhl steht darin, sonst nichts. Als ich meinen Begleiter fragen will, was ich in diesem Zimmer soll, ist er bereits verschwunden.

Vielleicht treffe ich hier gleich jemanden? Er hat von „wir"
gesprochen. Ganz schön unhöflich, mich ohne Erklärung alleine

zu lassen. Hätte mir wenigstens noch was zu trinken anbieten können.

Ich setze mich vorsichtig auf den Stuhl. Er knarrt leise unter meinem Gewicht. Dann ist es totenstill. Ich warte, dass etwas passiert. Irgendetwas. Nichts. Dann, plötzlich, ein fast unmerkliches, kratzendes Geräusch, direkt hinter mir. Ich zucke zusammen, springe so heftig vom Stuhl auf, dass er polternd zu Boden fällt, und drehe mich um.

War da eben auch schon eine Tür? Eine zweite Tür, direkt gegenüber der, durch die ich eingetreten war? Wie kann das sein? Ich trete auf die Tür zu. Die Hand bereits an der Türklinke, zögere ich. *Soll ich hindurchgehen? Ich könnte auch einfach hier sitzen bleiben. Oder wieder in die Eingangshalle zurückgehen. Ich sollte den Hausbesitzer suchen und ihn zur Rede stellen.*

Andererseits macht mich diese Tür neugierig. *Was gibt es denn schon Neues zu sehen, wenn ich jetzt zurückgehe?* Also öffne ich die Tür und trete ein. Der nächste Raum ist etwas freundlicher gestaltet. Teppichboden, darauf ein zerschlissenes Sofa, ein Beistelltisch mit einem Glas Wasser. Erst jetzt merke ich, wie durstig ich bin. Ich will gerade einen Schluck nehmen, als ich mein Spiegelbild in der Oberfläche des Wassers erhasche.

Wann habe ich mich zuletzt in einem Spiegel betrachtet? Es muss schon eine Weile her sein, denn ich komme mir eigenartig fremd vor. Als wäre es gar nicht ich, der hier in diesem Raum steht. Aber ich bin es doch? Ich schaue an mir herunter. Eigenartig. Ich trage einen Krankenhauskittel, einen von diesen hässlichen Dingern, die hinten offen sind und mit denen man sich noch kränker fühlt, als man ohnehin schon ist.

Bin ich etwa aus einem Krankenhaus geflohen? Werde ich gleich von wohlmeinenden Krankenpflegern wieder eingesammelt und in die Psychiatrie zurückgebracht? Schwer atmend setze ich mich auf das Sofa und schließe für einen Moment die Augen. Als ich sie wieder öffne, stoße ich einen leisen Schreckensschrei aus. In der Wand gegenüber befindet sich eine Tür. Direkt daneben

74

eine zweite. Einschließlich der Tür, durch die ich gekommen bin, sind es jetzt drei Türen. Ich bin vor Angst wie erstarrt und wage mich nicht zu rühren.

Ich bleibe jetzt einfach so lange hier sitzen, bis jemand kommt und sich das alles endlich aufklärt.

Doch das kann ich nicht. Zur Untätigkeit verdammt auf etwas zu warten, das vielleicht nie kommt? Lieber trete ich durch eine dieser verfluchten Türen, so lange, bis ich etwas finde, was einen Sinn ergibt.

Ich erhebe mich mühsam von der Couch und bewege mich auf die mittlere der drei Türen zu. Sie sehen identisch aus, also ist es wohl egal, welche ich nehme. Ich habe längst vergessen, durch welche der Türen ich gekommen bin. Wenn ich gleich wieder in dem Zimmer mit dem Stuhl stehe, dann soll es wohl so sein.

Ich trete durch die Tür und schaue mich um.

Ein Badezimmer! Die Einrichtung ist so alt wie das Haus und dennoch gepflegt, mit blitzenden Wasserhähnen, flauschigen Handtüchern und einer freistehenden Badewanne auf Löwenfüßen. Ich bekomme Lust, ein Bad zu nehmen. *Wenn sich schon niemand bequemt, mich endlich zu empfangen, kann ich es mir auch gemütlich machen.*

Ich will mir das Nachthemd vom Körper streifen. Meine steifen Finger fummeln an der Schleife herum, die das Gewand am Kragen zusammenhält. Ich werfe einen Blick in den Spiegel, um den Knoten zu sehen, und erstarre.

Wer zum Henker ist das!?

Ich bin es zwar, aber mein Gesicht wirkt um Jahre jünger. Meine Finger, soeben noch in den Knoten des Nachthemds verkrallt, nesteln jetzt an einer Krawatte herum. Mein verjüngtes Spiegelbild trägt ein schwarzes Jackett über einem taubengrauen Hemd. Der Blick der hellblauen Augen ist spöttisch.

Hast keinen Schimmer, was das soll, oder? sagt dieser Blick.

Ich muss mich von meinem Spiegelbild abwenden. Jeder Gedanke an ein heißes Bad ist verflogen. Nicht den Hauch einer

75

Ahnung habe ich, wo ich mich befinde. Jeder Erklärungsversuch ist hanebüchener als der vorige.

Du bist in einem Paralleluniversum von Einstein'schen Dimensionen gefangen.

Jemand hat dich zu einem Experiment à la Schrödingers Katze hierher verschleppt.

Du hast mal wieder zu viel gekifft und bildest dir das alles nur ein (ich habe schon jahrelang nicht mehr gekifft, und ohnehin klingt das Szenario eher nach einem schiefgegangenen LSD-Trip).

Nichts davon klingt einleuchtend. Am ehesten noch die Theorie vom Gedächtnisverlust und der Flucht aus einer Psychiatrie. Oder vielleicht ist dies die Psychiatrie? Vielleicht habe ich einfach schon zu viele Pillen geschluckt und fantasiere das alles.

Während ich wilden Ideen hinterherjage, hat mein Badezimmer zwei neue Türen bekommen. Inzwischen erschreckt es mich schon nicht mehr. Mir ist klar, ich muss wieder durch eine dieser Türen hindurch. Welche, ist eigentlich egal. Oder? Ich kann nur hoffen, dass ich irgendwann einen Hinweis, eine Erklärung für all das bekomme. Damit ich nicht bis in die aschgraue Unendlichkeit durch Türen gehen muss.

Ich nehme die mittlere Tür. Und schlage sie sogleich wieder zu. Im angrenzenden Zimmer liegt eine Leiche auf dem Boden; der Perserteppich ist blutrot gefärbt. Ich bin mir fast sicher, dass es *meine* Leiche war. Die nächste Tür ist nicht viel besser: Vor mir gähnt eine steile Treppe, die ins Nichts zu führen scheint; keine Lichtquelle, die den Weg erleuchten würde. Ich schlage diese Tür ebenfalls zu und lehne mich schwer atmend an die Wand.

Mir bleibt nur die dritte Tür. Diejenige, durch die ich gekommen bin – oder? Also umkehren? Es erscheint mir besser als die Alternative. Also öffne ich die Tür, auf das Schlimmste gefasst.

Verblüfft bleibe ich stehen. Zunächst sehe ich mich wieder einem Spiegel gegenüber, dieses Mal mannshoch. Die Person im Spiegel ähnelt einer zwanzigjährigen Version von mir. Unschuldiger

Blick. Zigarette im Mund. Das blonde Haar nachlässig in die Stirn gekämmt. Rechts vom Spiegel befindet sich ein schmaler Gang, die einzige Möglichkeit weiterzukommen. Mit schnellen Schritten eile ich ihn entlang; kaum bemerke ich, dass die Seitenwände ebenfalls aus Spiegeln bestehen. Beinahe stoße ich am Ende des Gangs gegen eine Wand, deren Trugbild mir einen freien Weg vorspiegelte.

Ich bin in einem Spiegellabyrinth.

Warum ich das hier tue, frage ich mich schon lange nicht mehr. Ich laufe durch die Gänge, sehe Spiegelbilder meines Ichs in jeder Lebensphase und sehne mich nach dem erlösenden Ausgang. Einmal, als ich nach links abbiege, überzeugt davon, dass ich niemals herausfinden werde, sehe ich eine weitere Person in einem der Spiegel.

Rebecca.

Sie ist noch so schön wie damals.

Ich war überzeugt davon, sie nie wiederzusehen. Und hier steht sie, ein Spiegelbild zwar nur, doch ich kann ihr endlich sagen, was ich ihr schon längst hätte sagen sollen.

„Es tut mir leid. Ich weiß, es war der größte Fehler meines Lebens, dich gehen zu lassen."

Ich möchte ihr noch so viel mehr sagen, doch plötzlich verschwindet das Spiegellabyrinth und mit ihm Rebecca. An seine Stelle tritt eine meterhohe Flügeltür. Eine einzige Tür nur. Keine Entscheidung mehr nötig. Ich könnte natürlich hier stehenbleiben. Aber was hält mich hier? Ich habe Rebecca gesagt, was ich ihr mein Leben lang hatte sagen wollen. Es ist Zeit, durch die nächste Tür zu gehen. Irgendetwas sagt mir, dass es die letzte Tür sein wird.

Ich trete hindurch.

Zu meinem Erstaunen stehe ich in einem von abendlichem Dämmerlicht durchfluteten Garten. Wirkte die Fassade des alten Hauses vorhin noch herbstlich-düster, so scheint hier immerwährender

77

Frühling zu herrschen. Ich höre Amseln flöten, atme den Duft pfirsichfarbener Rosen und wähne mich im Paradies.

Bin ich etwa gestorben?

„Noch nicht", vernehme ich eine amüsierte Stimme.

Erschreckt blicke ich in die Richtung, aus der die Stimme kommt. Kaum fünf Meter von mir entfernt sitzt ein alter Mann auf einer Bank an einem Teich. Er lächelt mich an.

„Wer sind Sie?" Ich habe tausend Fragen; diese ist so gut wie jede andere.

„Erkennst du mich nicht?"

Ich trete auf ihn zu und sehe genauer hin. Der Mann ist alt, sehr alt. Schlohweiße Haare umrahmen das faltige Gesicht. Ein Gesicht voller Geschichte, Augen voller Trauer und Weisheit. Meine Augen. Er ist *ich*.

Alles, was ich in dem Haus erlebt habe, scheint plötzlich einen Sinn zu ergeben. Die Spiegelbilder in den Zimmern. Die verschiedenen Türen, für die ich mich entscheiden musste. Der entscheidende Moment, als ich meine große Liebe wiedertraf.

„Die Zimmer … waren Stationen meines Lebens?" frage ich.

„Natürlich. Die Frage, die du dir stellen solltest, ist aber eine andere."

Der Alte macht mich wahnsinnig mit seinen seltsamen Äußerungen. Dass er ich ist, macht es nicht besser.

„Ich frage mich vor allem, was das Ganze eigentlich soll", sage ich, leicht genervt. Ich sehe mein älteres Ich an und fühle mich, als würde ich ein Selbstgespräch führen. Vielleicht tue ich das ja.

Er lächelt milde. „Du wirst sterben, weißt du das nicht?" Sein Blick gleitet an mir herunter, und ich folge ihm unwillkürlich. Auf dem Krankenhausgewand hat sich in Brusthöhe ein dunkler Fleck gebildet. Blut. Von einer Schusswunde, fällt mir plötzlich ein.

Bin ich in Wirklichkeit in einem Krankenhaus? Ist dies das vielzitierte *Das-Leben-zieht-nochmal-an-mir-vorbei*? Mir schwant Böses.

„Hätte ich an irgendeiner Stelle eine andere Tür wählen sollen? Eine, die mich nicht sterben lässt?"

„Wir müssen alle sterben."

„Was soll das Theater mit dem alten Haus und den Zimmern, den Türen und unserem Gespräch in diesem Garten, wenn doch sowieso alles auf meinen Tod hinausläuft?" Die letzten Worte schreie ich fast.

„Du sollst einfach akzeptieren, dass deine Entscheidungen dich immer zum Tod führen. Dass es egal ist, wenn du einmal falsch abbiegst, weil du deine Zukunft nicht vorausahnen kannst. Alles ist dem Zufall überlassen. Damit musst du dich aussöhnen."

„Was hat es dann überhaupt für einen Sinn zu leben?" Ich bin den Tränen nahe.

„Die Frage kannst du dir selbst beantworten", sagt der Alte, und ich denke an meine Begegnung mit Rebecca. Sie hatte meinem Leben Sinn gegeben. Auch wenn ich nach unserer Trennung eine Menge beschissener Entscheidungen getroffen hatte, war sie es, die allem Bedeutung verliehen hatte. Meine späte Reuebekundung im Spiegellabyrinth war der Beweis, dass mein Leben, das so von bösen Zufällen gebeutelt schien, durch ihre Existenz seinen Sinn hatte.

„Werde ich sie noch einmal sehen?", flüstere ich.

„Vielleicht."

Ich drehe mich um; will noch einmal in das Haus zurück und Rebecca suchen. Doch beim Anblick des alten Hauses wird mir klar, ich kann nicht zurück. Die Fassade hat zu bröckeln begonnen. Ich höre Dachziegel klappernd herunterfallen. Das Haus verfällt zusehends. Wie ich. Das Haus, das bin ich. Mir wird schwindelig. Anscheinend bleibt mir nicht mehr viel Zeit.

Der alte Mann hustet vernehmlich. Ich drehe ich wieder zu ihm um. Inzwischen sind Wolken aufgezogen, und ein auffrischender Wind kräuselt die Oberfläche des Teichs zu winzigen Wellen.

„Es wird Zeit." sagt der alte Mann. Ich sehe, wie seine engelsgleichen Haare sich vom Kopf lösen und der Wind sie davonträgt. Er löst sich auf, genau wie das Haus.

Wie ich.

Ich frage nicht, was zu tun ist, da ich es schon weiß. Ich trete auf den Teich zu und blicke hinein. Es ist kein Spiegelbild zu sehen. Ich bin jetzt schon nicht mehr da. Der Gedanke erschreckt mich nicht.

Ich hole tief Luft und springe mit letzter Kraft in den Teich. Die Wellen schlagen über mir zusammen. Bevor alles um mich herum schwarz wird, sehe ich mich selbst, in einem Krankenbett liegend. Der Monitor neben dem Bett zeigt meinen Herzstillstand.

Neben dem Bett steht Rebecca und weint.

Heidi Lackner

Prost Alter

„Hans…?"

„Hm…"

„Hans!"

„Ja, was denn?"

„Du, weißt du was? Gestern – da hab ich den Zufall getroffen."

„Ja ja, den kenn ich. Den treff ich auch hin und wieder … Prost Alter."

Die Luft ist stickig, die Musik rieselt aus schlechten Lautsprechern. Wieso gehen die Leute eigentlich in diese Kneipen, die es in jeder beliebigen Stadt, in jeder beliebigen Straße gibt? Die Menschen sind hässlich, die Tapeten gestrig. Es ist doch grässlich, wenn alles so da ist, wo man's doch eigentlich gar nicht sehen mag. Hassan und Hans sitzen am Tresen und schauen abwesend vor sich hin.

„Und, hat er dir was da gelassen, der Zufall? Ein paar Kröten für die Miete vielleicht?"

„Ach Hans … du bist echt n' Arsch!"

„Ach so! Frieda, gib unsrem Freund Hassan doch mal ein Bier. Der hat so 'ne Stimmung heute. Guck ihn dir doch mal an."

„Hans, ich sag dir, wenn der Zufall neben dir steht, dann checkst du das sofort! Der guckt dich an und du weißt, jetzt bist du dran. Das ist wie beim Brandner Kaspar. Weißt du, das ist total verrückt!"

„Da kam aber der Tod."

„Hans … echt du bist so n' Arsch!"

„Ach so."

„Du, der stand direkt neben mir. Der hat mir erklärt, wie das so funktioniert mit dem Glück und mit dem Scheißdreck im Leben. Der schaut den Leuten in die Augen – ganz tief – und dann mischt der in so 'nem Blechbecher zusammen, was dir das Leben mal so bieten wird. Und dann sagt der: Prost Alter."

81

„Und? Haste was getrunken aus dem Blechnapf?"

Hassan zögert. Er legt die Stirn in Falten, stützt sich auf die Ellenbogen und schaut tief in sein Glas.

„He!" Hans greift unter seinen Hocker und rutscht so nah wie möglich an Hassan heran. „Du hast was getrunken, stimmt's? Alter, ich kenn dich doch."

„Nee."

„Nein?"

„Nee... ach Hans. Jetzt brauch ich auch keinen Zufall mehr. Schau uns beide doch mal an!"

„Kapier ich nicht! Was hätt's dich denn gekostet zu nippen, du Idiot?"

„Ich hab mich eben nicht getraut. Und außerdem war ich nicht durstig. Ja, ich hatte eben keinen Durst auf noch mehr Leben. Wer weiß, was der Zufall gebracht hätte. Am Ende wäre ich noch ersoffen in meinem ganzen Glück."

Hans guckt Hassan lange an. Der Zigarettenrauch der niemals lächelnden Lady vom Tisch nebenan zieht langsam in ihre Richtung – wie immer.

Die Herren sind nicht ersoffen in ihrem Glück. Im Übrigen hat keinen der Gäste aus dem Frieda's dieses Schicksal ereilt. Nur Frieda, die ganz zufällig hin und wieder die Gespräche ihrer Gäste hörte, hatte eine Idee. Sie servierte künftig den Zufall in einem Blechbecher mit einer glitschigen Kirsche und einem Cocktail-Schirmchen garniert. Sie hatte Glück. Der Zufall kam erstaunlich gut an. Und nach einem halben Jahr leistete sich das Frieda's neue Tapeten und auf der Herrentoilette einen neuen Wasserhahn.

Evi Hallermayer-Jahreiß

Filmriss

Göttliche Fügung

Natasha erwachte abrupt. Ihr war schwindelig und sie hielt die Augen geschlossen. Ihr Kopf fühlte sich hohl an. Wie einer dieser Riesenkürbisse, die im Herbst prämiert und dann für Halloween ausgehöhlt werden. Im Moment fühlte sie sich allerdings alles andere als preisverdächtig. Sie versuchte, sich an irgendetwas aus den vergangenen Stunden zu erinnern, ohne Erfolg. Die verschwommenen Bilder ergaben kein zusammenhängendes Ganzes.

Verdammt, Nat, schalt sie sich. Hast dich gestern wieder bis zum Blackout betrunken? Wär ja nicht das erste Mal, dass du mit nem beschissenen Riesenkater aufwachst. Wo warst du gestern? Denk nach. Auch wenn das ein hartes Stück Arbeit ist in deinem Zustand.

Arbeit … Ah! Sie war gestern Abend für einen ihrer Aufträge als Reporterin unterwegs gewesen.
Aber wo?

Vielleicht würde das Zimmer, in dem sie aufgewacht war, ihr Aufschluss geben. Sie öffnete die Augen und blickte um sich.

Wo zum Henker bist du hier gelandet?

Es fing damit an, dass sie nicht einmal in einem gewöhnlichen Bett aufgewacht war. Sie lag auf einer Art Quader, der von innen heraus bläulich schimmerte wie Eis. Samtweiche Decken schienen sie kaum zu berühren, so leicht war der Stoff. Dennoch fror sie nicht. Obwohl der Raum keine Fenster hatte, wurde er in warmes, aber nicht zu helles Licht getaucht, das von überall her zu kommen schien. Möbel im herkömmlichen Sinne gab es keine. Aber in einer Ecke sah sie auf einem kleineren Quader ihre Kleidungsstücke liegen.

Wann hast du die denn ausgezogen? Oder war das jemand anders?!

Natasha wollte aufstehen, als sie die Stimme vernahm.
Ich sehe, du bist wach, meine Kriegerin.

Sie fuhr zusammen und sah erschreckt um sich. Außer ihr befand sich niemand im Raum. Die männliche Stimme klang jedoch nicht unpersönlich wie eine Lautsprecherdurchsage. Im Gegenteil. Sie war sonor, samtweich und einladend.

Meine Kriegerin?, dachte sie belustigt.

Warst du etwa auf einer Xena-Kostümparty? Oder einem Paintball-Match? Bist du im Kinderzimmer irgendeines pickligen Nerds gelandet, der dich heimlich beobachtet? Nichts davon klang überzeugend. Natasha seufzte genervt.

Es bleibt dir wohl nichts anderes übrig, als das Spiel mitzuspielen. Vielleicht wird es ja sogar ganz lustig. Wenn der Typ nur halb so gut aussieht, wie er klingt …

Wer bist du, mein Krieger? Sie hatte Mühe, ernst zu bleiben. *Und warum hältst du mich hier fest?*

Niemand hält dich hier fest, Natasha. Du bist absolut freiwillig hier.

Woher kennst du meinen Namen?

Du hast ihn mir selbst genannt.

Dann ist es nur fair, wenn du mir auch deinen nennst.

Den habe ich dir bereits genannt. Aber anscheinend erinnerst du dich nicht mehr. Es klang amüsiert.

Ich glaube, du hast gestern ein bisschen viel vom asgardischen Wermuth getrunken. Menschen wie du vertragen ihn nicht so gut. Nicht einmal Kriegerinnen.

Was soll das heißen, Menschen wie ich?

Noch während sie diese Frage stellte, stolperte sie über das, was er gesagt hatte. Asgardischer Wermuth. Asgard? Der mythische Sitz der Asen?

Also doch ein Rollenspiel. Ein paar Marvel-Freaks wollen dich verarschen. Aber das Spiel kannst du mitspielen. Die werden sich noch wundern. Sie beschloss, einen Schuss ins Blaue zu wagen.

Lass mich raten, großer Unbekannter. Du bist Thor, Odins Sohn, und hast mich als deine Kriegerin auserkoren.

85

Natasha hatte Mühe, einen ironischen Unterton aus ihrer Stimme herauszuhalten. Sie würde hier nur herauskommen, indem sie das Spiel mitspielte.

Nein, ich bin nicht Thor. Die Stimme war tiefer geworden, voll unterdrücktem Zorn. *Thor umgibt sich lieber mit seinesgleichen. Er würde nie eine Kriegerin unter den Menschen wählen. Aber du und ich, wir sind beide Außenseiter. Deshalb haben wir uns gefunden.*

Wann hat der Bullshit endlich ein Ende?, dachte sie. So langsam muss denen das doch langweilig werden, wer immer die sind. Aber vielleicht hat der Unbekannte ja noch Großes mit dir vor.

Natasha beschloss, ihren Gegenspieler aus der Reserve zu locken. Und dabei herauszufinden, was gestern eigentlich geschehen war.

Dann zeig dich mir, mein Krieger!, rief sie und kam sich sehr albern dabei vor. Sie erschrak, als sich plötzlich eine bis dahin unsichtbare Tür in der gegenüberliegenden Wand öffnete. Ein Mann trat ein: Großgewachsen und schlank, dunkle Haare, durchdringende blaue Augen. Silbrig glänzende Rüstung, die sich wie eine zweite Haut an seinen Körper schmiegte. Er stand im Türrahmen und betrachtete Natasha spöttisch.

Im selben Moment wusste sie, wen sie vor sich hatte.

Loki. Sohn der Jötunn. Adoptivsohn der Asen. Gott des Feuers. Trickster, Gestaltwandler. In Hassliebe zu seinem Halbbruder Thor verbunden. Natashas Lieblingsbösewicht aus dem Marvel-Universum!

Jetzt fiel es ihr wieder ein. Sie war gestern Abend auf der Comic Convention gewesen. Hatte Schauspieler interviewt, zahlreiche Martinis getrunken und sehr viele, sehr schlecht verkleidete Comicfans gesehen. Bei diesem hier war sie offenbar hängengeblieben.

Kein Wunder, dachte sie amüsiert. Er ist auch wirklich überzeugend. Arrogant, charismatisch und doch verletzlich. Der geht

86

so richtig in seiner Rolle auf. Bevor sie weiterreden konnte, warf er ihr ein Bündel Kleider zu.

Zieh das an. Du wirst es brauchen, wenn du vor Gottvater Odin trittst.

Er sah ihr unbewegt beim Ankleiden zu. Während sie noch das hautenge martialische Kostüm an sich bewunderte, hatte er sich bereits zum Gehen abgewandt. Eilig folgte sie ihm. Ihr Herz klopfte.

Wurde auch Zeit, dachte sie. Bis hierher war's ja noch ganz lustig, aber jetzt reicht's. Wie konnte sie das Spiel am besten unterbrechen? Natasha hatte noch nie an einem Rollenspiel teilgenommen. Gab es nicht Regeln dafür, wenn man so ein Spiel verlassen wollte?

Loki? Wohin gehen wir?

Wir werden meinen Vater Odin sehen. Er weiß noch nichts von deiner Anwesenheit. Ich werde ihn überzeugen müssen, wie wichtig du für uns bist. Dann wird er dich nicht nach Midgard zurückschicken.

Midgard? Die Erde. Aber wieso zurückschicken? Das geht jetzt echt zu weit. Die können sich ihr Rollenspiel sonst wohin stecken!

Sie blieb stehen und stampfte mit dem Fuß auf.

Ich will wieder nach Hause, sagte sie. Sofort. Also lass den Scheiß und komm von deinem Loki-Trip wieder runter!

Er drehte sich um und lächelte. Nachsichtig, ein bisschen traurig auch. Es lief ihr kalt den Rücken hinunter.

Du wolltest hierher, Natasha. Er wies auf ein kreisrundes Fenster zu ihrer Linken. Natasha lehnte sich gegen die Wand und legte ihre Hände an die Scheibe. Mit einem Mal wusste sie, wie ein Astronaut sich beim Blick aus einem Raumschiff fühlen musste.

Midgard, sagte er, lächelte und legte eine samtweiche Hand auf ihre Schulter.

Sie fühlte alles Blut aus ihrem Gesicht weichen. Das hier war kein Spiel.

Verdammte Scheiße.

Hast du noch irgendwo eine Flasche von dem asgardischen Wermuth herumstehen?, hörte sie sich fragen.

Heidi Lackner

Die Schuhe des Törichten

Es hatte sich in Windeseile herumgesprochen, was geschehen war. In Windeseile? Eine gewaltige Untertreibung. Es war ein Donnerknall!

Das Unerhörte ereignete sich im 4. Monat des zwölften Jahres während der Feierlichkeiten für den jungen Bambus. Die Kaiserin selbst hatte beschlossen, dem frischen Grün des Bambusses zu Ehren ein Fest auszurichten – leicht und unbeschwert mit erlesenen Speisen und bestem Reiswein. Berichtet hatte das Unerhörte Oyosan, die erste Dienerin der Kaiserin. Sie hatte gehört, dass man in der Schmucknische ihrer Herrin, die einzig den edelsten Blumengestecken vorbehalten ist, die schmutzigen Schuhe eines Mannes gefunden habe.

Eine Katastrophe, so hieß es, habe der Kaiser gesagt.

„Ich kann das nicht glauben. Ob es ein Wahnsinniger gewesen ist? So etwas tut doch nur ein wahrlich törichter Mensch." So sprach Oyosan, als sie sich in den Frühlingsgemächern der engsten kaiserlichen Bediensteten niederließ.

„Du bist töricht und naiv zugleich", sagte Hofdame Akahiko. Sie war die zweite Hofdame der Kaiserin. Sie kicherte hinter vorgehobener Hand. Doch wie sie errötete! „Liebe Oyosan. Dieser Mann war betrunken! Das ist doch offensichtlich. Er war sicher nicht bei klarem Verstand."

Die Dienerin Oyosan schürzte die Lippen und zupfte die Ärmel ihres seidenen Überwurfs zurecht.

„Betrunken oder nicht", sprach Sei Shonagon, die erste Hofdame der Kaiserin. „Der Kaiser hat angeordnet, dass in den Räumen seiner Gemahlin ein Reinigungszeremoniell durchgeführt werden soll und zwar unter Einbezug des höchsten Priesters zu Hofe. Und der Übeltäter soll des Hofes verwiesen werden, für alle Tage, gleich wer es war."

In diesem Moment vernahmen die Damen das leise Rauschen von Gewändern durch die Schiebetüren. Es waren Frauengewänder, das verriet das Schleifen der langen, voluminösen Säume. Die Damen atmeten auf. Sie kannten diese Säume. Eine Schiebetüre wurde von zarter Hand geöffnet und nach einer kurzen Verbeugung trat die zweite Dienerin der Kaiserin ein. Sie trug einen Beutel in der Hand. Aus dem schüttelte sie schließlich die schmutzigen Schuhe des Törichten.

Ein Raunen erfüllte den Raum, entsetzte Rufe gar, als die Dienerin den Beutel fest zusammenrollte und mit gespreizten Fingern versuchte, die Schuhe damit aufzurichten.

„Aber Hakumi, was soll das bedeuten? Hat man etwa dir befohlen, dich um diese Schuhe zu kümmern?"

„Wo denkst du hin? Niemals würde ich mich mit schmutzigen Schuhen abgeben. Ich soll sie dem Stallmeister übergeben. Der soll sie konservieren, bis der Besitzer gefunden ist."

„Ah, dem Stallmeister, da gehören die Schuhe auch hin ... Aber wieso bringst du sie dann zu uns?" Schaudernd betrachteten die Damen die besudelten Schuhe. Die jüngeren Damen tuschelten erregt. Da waren sie, die Schuhe, über die selbst der Kaiser zürnte. Da lagen sie nun.

„Seht nur!" Nun konnte die Dienerin Oyosan ihre Neugierde nicht mehr zügeln. „Die hölzernen Absätze des linken Schuhs sind völlig mit Erde und Schlamm bedeckt."

Die Dienerin Hakumi lächelte, als sie die forschenden Blicke der Damen sah, die sich nun über die geheimnisvollen Schuhe beugten. „Ja, gestern hat es geregnet. Doch der Mann scheint vollkommen vom Weg abgekommen zu sein. Wahrscheinlich ist er mitten durch den nassen Bambuswald gewankt."

„Oh ja, hier sind sogar Steine in der Sohle. Kein Mann von Adel oder von Verstand begibt sich derart auf Abwege, wenn er den gewässerten Steinweg benutzen kann. Aber diese Schuhe sind beschmutzt wie die eines gemeinen Bauern!"

„Nun, Akahiko, du musst es ja wissen. Du hast doch in deinem ganzen Leben noch nie das Antlitz eines Bauern gesehen."

90

Bei diesen Worten strich Sei Shonagon sorgfältig ihre wallenden Gewänder zurecht.

Die Dame Akahiko verbeugte sich tief vor Sei Shonagon.

„Aber es sind ganz sicher die Schuhe eines Edelmanns", erklärte nun die dritte Dienerin. „Das Rot der samtenen Schuhbänder ist erlesenes Rot. Habt ihr das gesehen?"

„Ich sehe nur eines", sage Oyosan. „Die Bänder sind nicht nur verschmutzt. Sie sind von Holzsplittern durchtrieben. Ich glaube sogar, dass er bäuchlings im Wald gelegen sein muss!"

„Oh!" Die Damen stöhnten vor Entsetzen. Als sie nach langen Untersuchungen noch den Bruch des linken Absatzes entdeckten, gab es keinen Zweifel mehr: Dieser Mann musste es gar zu toll getrieben haben. So einem war Ungeheuerliches zuzutrauen.

„Wahrlich", seufzte die dritte Dienerin. „Aber was, wenn es nun gar nicht der Reiswein war? Vielleicht war er ja trunken, aber von gänzlich anderer Art?"

Hakumi und Oyosan spitzten ihre Münder. „Aber dann ... Ein Mann von Anstand hätte doch ein Gedicht verfasst und es der Kaiserin überbringen lassen. Was sagen denn die kaiserlichen Boten? Auch nichts? Nein?"

„Aber Hakumi, das macht doch keinen Sinn. Ein Gedicht an die Kaiserin? Und überhaupt, das passt doch nicht zusammen. Wieso käme der Liebestrunkene wohl mit derart schlechten Schuhen?"

Sei Shonagon unterbrach die Damen. „Ihr seid töricht. Es schickt sich nicht, über solche Dinge zu sprechen. Nun lasst doch bitte eure launischen Gedanken ruhen!"

„Liebe Shonagon", entgegnete die Dame Akahiko. „Zumindest haben wir noch launische Gedanken und müssen uns nicht ständig vor der Kaiserin hervortun."

„Aber wie kommen die Schuhe denn dann in das Gemach der Kaiserin?" Die Dienerin Oyosan fiel den beiden Damen ins Wort. „Keiner kommt auch nur in die Nähe ihrer Gemächer. Es wird doch nicht einer der Wachleute gewesen sein?"

„Der kaiserliche Aufseher hat sie alle befragt. Sie waschen ihre Hände in Unschuld. Niemand war es – ganz sicher, nein."

„Nun gut. Aber es ist doch ihre Aufgabe wachsam zu sein. Haben sie auch nichts bemerkt?"

„Nein. Die Wachen sagen, sie haben nichts gesehen, und alle anderen, die dem Fest beiwohnten, sagen, sie erinnern sich nicht." Die dritte Dienerin schlug bei diesen Worten beschämt die Augen nieder. Sie erinnerte sich auch nicht. Sie hatte geschlafen.

„Das ist doch unerhört!" Hakumi tat entrüstet. „Die Wachen müssen wissen, was geschehen ist!"

„Nun, vielleicht wissen sie es ja, aber …"

„Ist es denn zu fassen?" Die Dame Akahiko blickte spöttisch in die Runde. „Der gesamte Hof hat nichts dazu zu sagen. Und du Shonagon? Du bist die erste Hofdame der Kaiserin, stets an ihrer Seite. Wie konntest du denn über all das hinwegsehen? Oder kannst du dich auch an nichts erinnern?"

Sei Shonagon erhob sich entrüstet. Wie konnte Akahiko sie nur so demütigend ansehen? Sei Shonagons lange schwarze Haare fielen erhaben über ihre Schultern und über ihre sorgsam ausgewählten Gewänder. Doch in ihren Augen schimmerten die Tränen der Wut. „Ich war auf dem Fest der Kaiserin", brach es schließlich aus ihr heraus. „Was habe ich nun mit diesen grässlichen Schuhen zu tun?" Sie beugte sich leicht nach vorn, um in dem fahlen Licht Akahikos Augen zu sehen. „Ich weiß genau, was du sagen willst. Der Neid auf meine Stellung steht dir seit langem im Gesicht geschrieben. Ja, vielleicht habe ich tatsächlich gesehen, was geschehen ist. Aber dir würde ich es niemals verraten. Lieber würde ich geschorenen Hauptes aus diesem Palaste ziehen."

Den Damen stockte der Atem. Die kleine Welt zwischen den kaiserlichen Gemächern schien plötzlich wie eingefroren. Wozu hatten sie sich nur hinreißen lassen? Wahllose Gedanken, leichtfertige Worte, liederliche Gesten – was hatte diese Blöße nur heraufbeschworen? Da begann eine Kohlmeise zu zwitschern. Man könnte sogar sagen, sie begann heftig zu rumoren. Doch wie erleichtert blickten die Damen auf die papierenen Schiebetüren zum Garten. Sie überließen dem Vogel die Aufgabe, sich lauthals zu empören.

Evi Hallermayer-Jahreiß

Dunkles Erwachen

Wach auf.

Die Stimme, die ihn sanft aus seinem Schlaf holte, kam ihm vertraut vor. Er schlug die Augen auf und konnte dennoch nichts sehen. Unter seinem Kopf lag eine Art Kissen. Was war geschehen? Alles um ihn herum war dunkel.

„Hilfe!" Zu leise. Er rief noch einmal lauter: „Hilfe!" Keine Antwort. Er schloss die Augen, auch wenn sich dadurch nichts änderte. Sein Atmen war deutlich zu hören und Geräusche, die ihn an das Rauschen erinnerten, wenn man den Kopf unter Wasser hält. Eine Furcht, wie er sie noch nie verspürt hatte, überkam ihn. Spielten seine Sinne verrückt, oder war das ein übler Streich? Die Luft hier war stickig.

Er wollte aufspringen, doch stieß sich dabei nur den Kopf. Auch links und rechts von ihm waren Wände. Eine Kiste? Sich aufzurichten war unmöglich.

„Hilfe! Ist hier denn niemand?" Laute Trommelschläge waren die einzige Antwort, als seine Stimme verklang. Es war sein eigener Herzschlag. Er schrie, bis er beinahe ohnmächtig wurde: „Hilfe!" Noch immer geschah nichts. Irgendjemand musste in der Nähe sein. Sie konnten ihn doch nicht hier sterben lassen.

„Bitte, bitte." Er schloss erneut die Augen, atmete kräftig aus. Alles Flehen half nichts. Niemand kam, um ihm zu helfen. Er schaffte es, seine Beine, die in irgendetwas eingewickelt waren, gegen die Decke zu stemmen. Doch es nützte nichts. Mit Fäusten und Ellbogen schlug er gegen die Wände, links und rechts. Auch die gaben nicht nach. Ihm wurde heiß. Nach einer Reihe weiterer Schläge ging ihm die Kraft aus. Sein Atem ging langsam und tief. Ihm wurde schwindelig.

„Bitte." Seine mit Tränen gefüllten Augen brannten. „Bitte, kann mir denn niemand helfen?" Er würde hier nicht sterben.

Soweit aufgerichtet wie es ihm möglich war, schlug er weiter auf das Holz ein. Lange geschah nichts. Dann bekam es endlich

94

Risse. Doch es drang kein Licht zu ihm durch, stattdessen rieselten Körner herab. Er drosch weiter auf die Decke ein. Kühle Erde kam ihm entgegen. Er wischte sie sich vom Gesicht. Nach einigen Stößen mit dem Ellbogen gab das Holz nach. Mit bloßen Händen grub er sich immer weiter nach oben.

Er sog die Luft tief in seine Lungen. Die Sonne war zu hell, um etwas von der Umgebung erkennen zu können, und wie Feuer brannte sie auf seiner Haut. Der Schmerz war so stark, dass er an nicht anderes mehr denken konnte. Dort vorn war irgendetwas Großes, ein Baum. Er floh in den Schatten einer Eiche, ließ sich im Gras nieder und lehnte sich an den festen Stamm. Da ließen die Schmerzen nach. Endlich war er in Sicherheit.

Er lächelte – er war am Leben. Mit zitternder Hand fuhr er über sein schweißnasses Gesicht. An den Stamm des Baumes gelehnt, sah er in den beinahe wolkenlosen Himmel. Seine Sicht war endlich wieder klarer. Doch dann bemerkte er, wo er sich befand. Rundum waren nur Gräber. Mit großer Überwindung wagte er es, in die Richtung zu sehen, aus der er gekommen war. War das da vorn sein Grabstein?

Er fuhr sich durchs Haar. Dabei fiel Erde zu Boden. Seine schmutzigen Hände betrachtend, versuchte er zu begreifen, was geschehen war. Es war unmöglich.

Dann kamen die Fragen. Wer hatte ihn hier begraben? Wie war es dazu gekommen? Nichts fiel ihm mehr ein, noch nicht mal sein Name. Die Angst, die er nun empfand, war beinahe noch schlimmer, als die, die er in der Kiste verspürt hatte. Die Kiste oder besser gesagt: der Sarg. Vielleicht gab es dort etwas, das ihm half sich zu erinnern. Wenn er nur noch einmal genauer nachsehen könnte. War es möglich zurückzugehen?

Sobald er den Schatten der Eiche verlassen hatte, war das schmerzhafte Brennen zurück. Weniger stark als zuvor und trotzdem groß genug, um ihn erneut in die Flucht zu treiben. So lief er wieder zum Baum zurück. Vielleicht musste er nicht zum Grab, um herauszufinden, was geschehen war. Er warf einen Blick auf die Kleidung, die er trug. Ein weiter schwarzer Mantel. Langsam strich er mit den Fingern über den weißen Stoff am Ärmel.

Mochte er auch kein Adeliger sein, ein Mann von einfachem Stand war er wohl auch nicht. Die Freude darüber, wenigstens etwas über sein Leben zu wissen, währte nur kurz. Wer war er?

Er zog den Mantel aus und tastete über sein Hemd weiter nach unten. Etwas hing an seinem Gürtel. Eine Kette, und daran etwas Dosenförmiges. Er fuhr über die goldene, wellenförmige Verzierung und schloss die Augen.

Eine Erinnerung! Es musste Jahre her gewesen sein, denn er war ein Kind, das auf dem Schoß einer jungen Frau saß. Die Frau – seine Mutter – hatte die Uhr in der Hand gehalten.

„Velten", hatte sie gesprochen.

Er öffnete seine feuchten Augen. Velten. Das war sein Name. Als er den Deckel der Taschenuhr aufschlug, blickte er auf einen vergoldeten Zeiger. Was war geschehen? Warum trug er die Uhr bei sich? Veltens Mutter war nicht mehr am Leben, schon seit vielen Jahren.

Er fuhr sich über die Hände, dort hatte er Narben. Das geschah eben, wenn man bei der Arbeit unvorsichtig war. Velten erinnerte sich an einen Ofen, eine Zange und an glühendes Geschmeide. Er war ein Goldschmied.

Das war die Schmiede seines Vaters, in der Velten mit ihm und seinem Bruder Theodor gearbeitet hatte. Dann erinnerte er sich an seine Schwester Katharina, an seinen älteren Bruder Wilhelm. Seine Familie. Wo war sie jetzt? Würde er sie jemals wiedersehen? Velten konnte die Tränen nicht zurückhalten, sah auf den Grabstein und auf die aufgewühlte Erde davor. Wie konnte das geschehen? Sie hatten ihn lebendig begraben. Lebendig? War er das noch?

Velten war nicht abergläubisch, noch nicht mal besonders fromm, doch für das, was mit ihm geschehen war, fand er keine vernünftige Erklärung. Er hatte schon Geschichten gehört, von Menschen, die nach dem Tod aus ihrem Grab gestiegen waren,

96

weil sie ein ... nun ja, unehrenhaftes Leben geführt hatten. Obgleich er nie etwas wirklich Schlimmes getan hatte, hatte Velten doch die eine oder andere Dummheit begangen.

Da fiel ihm ein, was ihn in diese Lage gebracht haben könnte. Er dachte an Rebecca. Sie hatten sich heimlich geliebt – und dann war sie verschwunden. War es seine Schuld? War sie aus Scham geflohen?

Er erinnerte sich an alles. Was war er für ein Dummkopf gewesen! Sein Vater wollte ihm die Schmiede überlassen. Velten hätte sich schon bald mit Rebecca vermählt.

Jetzt war sie fort, vielleicht nicht mehr am Leben. Oder war sie womöglich in demselben Zustand wie er? Eine Tote, die aus ihrem Grab gestiegen war?

Dann schüttelte er über seine Gedanken den Kopf. Das waren doch nur Märchen. Und wie grausam konnte Gott schon sein, einen für ein wenig unehrenhaftes Benehmen auf diese Art zu bestrafen?

Aber warum war sie fortgelaufen? Hatte sie sich nicht schon zuvor seltsam benommen? Sie hatte etwas auf dem Herzen gehabt, aber nicht darüber sprechen wollen.

Ein leichter Wind blies ihm ins Gesicht. Velten griff ins feuchte Gras. Neben ihm blühte ein Maiglöckchen. Die Luft roch süß und frisch. Er erinnerte sich. Es war Frühling gewesen. Das war es wohl immer noch. Die Vögel zwitscherten in den unterschiedlichsten Tonlagen. Veltens Sinne waren scharf, noch schärfer als gewöhnlich. Er konnte sich nicht vorstellen, dass dies bei Wiedergängern so war.

Wolken verdunkelten den Himmel, nur leicht, doch dadurch sah er auch wieder klarer. Vielleicht konnte er jetzt seinen Zufluchtsort verlassen. Noch wagte er keinen Schritt zu gehen.

Velten rieb sich die Stirn. Er wusste wieder seinen Namen, aber noch immer nicht, was vor seinem Erwachen geschehen war. Rebecca! Es war ihre Stimme gewesen, die ihn aus seinem Schlaf geholt hatte. Es musste Einbildung gewesen sein, schließlich hatte er tief unter der Erde gelegen.

Rebecca. Velten erinnerte sich an seine letzte Begegnung mit ihr. Etwas war geschehen und er hatte geglaubt sterben zu müssen. Da war sie plötzlich vor ihm gestanden. Sie war zu ihm zurückgekommen. Sie hatte ihn mit ihren blauen Augen voller Sorge angesehen, doch dann hatte sie ihm über die Wange gestrichen und ihn angelächelt. So, als wäre sie nie fort gewesen. Sie hatte sich über ihn gebeugt. Velten erinnerte sich nicht mehr an ihre Worte, nur an den Duft ihrer rotbraunen Haare. Hatte sie ihn geküsst? Er fasste sich an den Hals. An der Stelle, an der er sich jetzt berührte, war ein ziehender Schmerz gewesen. Das war das Letzte, was ihm einfiel. Dann war wieder alles schwarz.

Melanie Michalak

Babel

Die junge Frau erwachte. Gedankenfetzen waberten in ihrem Kopf umher wie zäher Morgennebel, der auf winterlichen Feldern liegt und nicht weichen will. Sie hob die Hände, um sich den Schlaf aus den Augen zu reiben. Sofort durchzuckte ein Schmerz ihren Unterarm. Blinzelnd sah sie auf ihn herab. Etwas Namenloses stach darin. Der Schmerz ließ nach, sobald sie den Arm ruhig hielt. Von links schlich sich gleichmäßiges Piepsen in ihren Gehörgang.

Durch den Nebel kroch das Wort *Krankenhaus* in ihr Bewusstsein. Das Wort tauchte ganz unvermittelt auf, ohne Vorankündigung. Sie ahnte, es beschrieb die Umgebung, in der sie aufgewacht war. Jedoch fehlten die klaren Konturen, die einem Wort Bedeutung verleihen. Es war, als bestünde ihr Gehirn aus zwei Teilen, die nicht miteinander kommunizierten.

Vielleicht bin ich einfach noch nicht richtig wach, dachte sie.

Mehr verwirrt als verängstigt blickte die Frau um sich. Alles war hell, sauber und warm. Vertraut und fremd zugleich. *Wie bin ich hierhergekommen?*

Es klopfte an der Tür. Sie öffnete den Mund, um etwas zu sagen, brachte jedoch keinen Ton heraus außer einem leisen Krächzen. Offenbar hatte sie ihre Stimme eine Weile nicht benutzt. Eine elegant gekleidete Frau mit reserviertem Gesichtsausdruck trat ein. Ihrer beider Augen trafen sich, und wieder tauchte unwillkürlich ein Wort an die Oberfläche. *Mutter.*

„Penelope", sagte die Frau. Sonst nichts. Sie schien auf Antwort zu warten. Penelope. So wie die Frau das Wort ausgesprochen und sie dabei angesehen hatte, musste es ihr Name sein. Auch wenn sie keinen Bezug zu ihm herstellen konnte. Sie lauschte dem Klang nach und öffnete schließlich den Mund, ohne zu wissen, was herauskommen würde.

„*Pe-ne-lo-pe*", wiederholte sie schließlich vorsichtig, tastend. Der Name lag fremd auf ihrer Zunge. Klang ungewohnt in ihren

Ohren. Aber sie klammerte sich an die Gewissheit, dass es ihr Name sein musste. Es war das Einzige, was sie in diesem Moment sicher wusste.

Mutter lächelte sie unsicher an. Als versuche sie, eine Verbindung zu ihr herzustellen, die zuvor verloren gegangen war. Sie konnte nicht sagen, was sie zu dieser Vermutung brachte. Ihr Unbehagen wuchs. Sie wollte *Mutter* mit Fragen bestürmen und wusste nicht, was sie sagen sollte. Ihre Zunge war wie gelähmt. Sie brachte all ihre Willenskraft auf und spuckte dann mühsam ein paar Brocken aus. „Wo bin ich hier?"

Sie sah, wie ihr blankes Unverständnis entgegenschlug, so als wäre eine Mauer hochgezogen worden. Panik überfiel sie. Versteht sie mich denn nicht? Sie wiederholte die Frage. Der Klang ihrer eigenen Stimme brachte sie aus der Fassung. Es war, als spräche jemand anders.

Jetzt öffnete die Frau den Mund. Endlich, endlich würde sie erfahren, was mit ihr geschehen war. Doch Mutter erbrach nur unverständlichen Wortbrei. Begriffe wie *Schlaganfall, Krankenhaus, Koma* schwammen darin herum – Dinge, die sie schon einmal gehört hatte, doch sie sagten ihr nichts. Im nächsten Moment waren die Worte mitsamt ihrer Bedeutung unwiederbringlich verschluckt.

Sie schloss die Augen, den Tränen nahe. Sie war allein. Als sie die Augen wieder öffnete, hatte eine zweite Person das Zimmer betreten. Ein Mann in weißem Kittel, mit Stethoskop um den Hals. *Arzt,* dachte sie unwillkürlich. Das Wort klang einen Moment nach, doch seine Bedeutung rann ihr sofort durch die Finger wie Sand. Egal wer oder was *Arzt* war, sie hoffte, er würde ihr helfen können.

Die wachsende Angst löste plötzlich ihre Zunge. „Bitte, sagen Sie mir, was los ist. Wo bin ich hier? Wieso versteht mich niemand?" *Arzt* sah sie einen Moment ratlos an, bevor er murmelnd das Zimmer verließ.

100

Einige Zeit später kehrte er zurück und mit ihm ein älterer Mann, den sie schon einmal gesehen zu haben glaubte. Die beiden Männer sprachen leise miteinander. Sie hörte nur Bruchstücke – „Sprachzentrum betroffen ... äußerst seltenes Phänomen ... keine Erfahrungswerte ..." – und verstand nichts davon. Die Worte brandeten an ihr Ohr und hinterließen nichts als Leere und Angst.

Schließlich wandte sich der Mann an sie und nickte ihr aufmunternd zu.

„Hallo", sagte sie unsicher.

„Dia dhuit", antwortete er ohne zu zögern. Ihre Augen weiteten sich, als sie die Begrüßung hörte. Ihr war, als würde ein großes Loch in ihrem Kopf plötzlich mit einem See aus Sprache gefüllt. Er versteht mich.

„Ich bin dein alter Anglistikprofessor", sagte er in ihrer Sprache. Sie nickte, als Zeichen, dass sie ihn verstand. Dass sie Anglistik studiert haben sollte, war ein unbekanntes Puzzleteilchen, das sie für den Moment beiseiteschob.

„Weißt du, dass du Irisch sprichst, Penelope?", fragte Professor.

„Ich bin nicht Penelope", antwortete sie, ohne auf seine Frage einzugehen. „Wieso nennt mich jeder bei diesem Namen?"

„Wer bist du dann?" Sein Erstaunen war mit den Händen zu greifen.

„Anu", sagte sie ruhig und mit einem Lächeln auf den Lippen. Sie war nicht einmal erstaunt, dass der Name plötzlich mit einer solchen Gewissheit aufgetaucht war. Er war einfach da, und endlich wusste sie wieder, wer sie war. Sie hob den Blick und sah in die Augen der Anwesenden. Ihr Lächeln erstarb.

Offensichtlich hatten die anderen ihren Namen noch nie zuvor gehört.

Heidi Lackner

Hinweis: Dies ist das erste Kapitel
aus einem größeren Schreibprojekt – einem Irland-Roman.

Angelo

Pate im Pelz

„Hast ganz schön Eier, hier aufzutauchen."

Mit widerwilligem Respekt musterte Angelo den Eindringling. Wer ihn uneingeladen in seinem Hinterhof aufsuchte, war entweder dämlich oder todesmutig. Beides traute er Giovanni di Rosa ohne weiteres zu.

Don Angelos Hinterhof befand sich in einem heruntergekommenen Stadtteil von Chicago. Von hier aus regierte er das dreckige Dutzend Straßenzüge im Umkreis von zwei Kilometern. Wer in diesem Viertel halbseidene Geschäfte mit dem Gatti-Clan machen wollte, musste erst um Audienz bei Don Angelo Gatti höchstpersönlich bitten. Majestätisch auf dem zerschlissenen Sofa thronend, stets in seinen nachtschwarzen Pelz gekleidet, entschied allein er, wen er als Geschäftspartner für würdig befand.

Niemand, den er einmal abgewiesen hatte, war jemals wieder aufgetaucht.

Bis jetzt.

„Fahr nicht gleich die Krallen aus, Angelo." Giovanni strich seinen schneeweißen Pelz glatt, bevor er fortfuhr: „Wir müssen uns zusammentun."

„Du räudiger Hund wagst es, mir ein Angebot zu machen?"

Aus den Augenwinkeln sah Angelo, wie sich in der mit Efeu überwachsenen Hofeinfahrt etwas regte.

Wenn das ein Hinterhalt ist, reiß ich dir jedes Haar einzeln raus, Giovanni.

Doch es war nur Angelos Bruder Matteo, der sich an die Hausmauer gedrückt vorbeischlich. Offenbar beschämte es ihn, dass Giovanni unbemerkt den Hinterhof hatte betreten können.

Bruder hin oder her. Wird Zeit, dass ich ihn in Rente schicke. Er sieht und hört schon lange nicht mehr gut genug, um meinen Hof zu bewachen.

Er würde Mia stattdessen als Wachhund engagieren. Sie hatte ihre eigene Art, mit Eindringlingen umzugehen. Wer nicht schon

103

unter ihrem eisblauen Blick Reißaus nahm, dem zeigte sie unmissverständlich die Krallen.

Giovanni fuhr fort zu sprechen. Sein schmeichlerisches Schnurren war einem heiseren Flüstern gewichen.

„Mickey O'Sullivan ist zurück."

„Mickey die Ratte?" Angelos Augen verengten sich zu Schlitzen. „Der treibt doch längst tot irgendeinen Kanal hinunter."

„Oh nein. Der ist quicklebendig. Hat ne Menge neuer Gesichter um sich geschart."

„Die vermehren sich ja auch wie die Karnickel." Angelo dachte kurz an seine eigene Schar Bastarde, bevor er weitersprach. „Warum erzählst du mir das? Ist doch scheißegal, was Mickey so treibt."

„Mickey will dein Viertel übernehmen."

Angelo stellten sich sämtliche Nackenhaare auf.

„Was springt dabei für dich raus?" Giovanni tat verständnislos. „Tu nicht so unschuldig. Du warnst mich wohl kaum aus reiner Nächstenliebe."

„Wenn er dein Viertel hat, bin ich dran. Ich dachte …"

„Eine Pfote wäscht die andere. Schon klar."

„Also, haben wir einen Deal?"

„Ich trau dir keinen Meter weit, Giovanni. Aber es war richtig, dass du mich gewarnt hast."

Angelo legte eine Kunstpause ein, während er seinem Rivalen beim Nägelkauen zusah. Schließlich erbarmte er sich.

„Okay, Partner. Hauen wir Mickey auf die Fresse."

Angelo stand mühsam auf und streckte sich, dass die steifen Knochen knackten. Er fuhr seine nadelspitzen Krallen aus und sah mit Befriedigung, wie sie geschmeidig wieder zurückglitten. Don Angelo mochte nicht mehr der Jüngste sein. Aber einem Kampf war er noch nie ausgewichen. Nicht umsonst war er innerhalb weniger Jahre zum Kopf der berüchtigtsten Katzenmafia der Stadt aufgestiegen.

Mit einem eleganten Satz sprang er vom Sofa. Giovanni sah ihm mit aufgestelltem Nackenfell entgegen. Sein mürrisches Perser-

104

gesicht mit der stumpfen Nase erinnerte an einen gereizten Preisboxer.

Hoffentlich kann der Wohnzimmer-Mafioso überhaupt kämpfen. So wie der sich immer mit Baldrian zudröhnt.

Als Angelo und Giovanni sich Mickeys Unterschlupf näherten, schlug ihnen ein unangenehm süßlicher Geruch entgegen. Giovanni sah aus, als müsse er ein paar Haarballen erbrechen. Angelo schwante Böses. In Mickeys Versteck angekommen, bot sich ihnen ein Bild des Grauens. Äußerlich unversehrte Rattenkadaver bedeckten den Boden. Mickeys gesamter Clan war ausgerottet worden. Das roch nach Gift, und Gift bedeutete Kammerjäger.

„Schande", murmelte Giovanni. Seine Gesichtsfarbe war ins Kotzgrüne gewechselt.

Weichei.

„Verdammtes Menschenpack!", motzte Angelo. „Wir hätten Mickey wenigstens einen ehrlichen Kampf geliefert."

„Und was jetzt?"

„Wir lassen die Leichen hier. Als Warnung." Angelo hatte sich wieder abgewandt. Er wollte so schnell wie möglich weg vom Ort des Grauens.

„Wohin gehst du?"

„Zum Schlachthof. Heute sind Rinderreste draußen."
Giovanni stand der Ekel ins Gesicht geschrieben bis ins letzte seiner angewidert zuckenden Schnurrhaare.

„Ach, speist der feine Herr nur Lachs aus Restaurantabfällen?"

„Ich …"

„Komm schon, amico. Das Fleisch ist beste Ware. Gibt außerdem den Extra-Kick durch Antibiotika."

„Sag das doch gleich. Wie weit ist es?"

„Nur ein Katzensprung."

Heidi Lackner

Angelo

Noch halb im Schlaf betrat Angelo sein Badezimmer, griff nach dem Kamm – und prallte erschrocken zurück. Ihm stand einer gegenüber und der ... Ihm stockte der Atem und vorsichtig drehte er den Kopf hin und her – ebenso vorsichtig drehte der Andere sich mit. Fassungslos warf Angelo den Kamm gegen den Spiegel und lief davon in die Küche. Was hatte er da gesehen?

Er selber in seinem jetzigen Alter konnte das nicht gewesen sein, unmöglich, denn der im Badezimmer hatte schlohweiße Haare, Angelo dagegen schwarze. Er schaute sich in der Küche um. Nichts hatte sich verändert. Das Brot lag im Holzkasten wie immer und die Salami hing von der Decke wie immer: Alles war so wie jeden Tag und doch: Etwas war anders. Wenn er jetzt den Holzkasten anschaute, dachte er an einen, der darin lag, und die Salami kam ihm vor wie aufgehängtes lebendiges Fleisch. Wir sind alle so verwundbar, ging es ihm durch den Kopf. So wenig verlässlich.

Es war, als hätte ihn ein böser Geist überfallen oder als sei da ein übler Traum herabgestürzt auf die Wehrlosigkeit seines Schlafs. Ein Alptraum. Das konnte es nicht geben: Haar, das in einer einzigen Nacht fahl wurde, alle Farbe verlor. Die Frauen würden vor ihm davonlaufen. Ihn würde keine mehr wollen oder höchstens eine, die schlecht sah.

Er ging zurück ins Bad, und während er voller Abscheu den Kerl mit dem weißen Haar im Spiegel betrachtete, fiel ihm Mario ein, sein Freund, sechsundsiebzig war er geworden, ein immer noch unermüdlicher Radfahrer, der auf seinem Mountainbike hundert Kilometer am Tag zu strampeln pflegte, hügelauf und hügelab, selbst Berge scheute er nicht, der lag seit zwei Monaten auch in einem Holzkasten, so wie Angelos Brot. Angelo begann es bei der Vorstellung zu grausen, dass er noch einmal Brot essen sollte.

106

Und Sara, die Nachbarin: Sie war gestürzt, als sie die Hühner fütterte. Wenn sie jetzt Eier einsammelte, ging sie gekrümmt wie ein Haken. Und alle bekreuzigten sich, wenn ihnen Saras Mann Daniele mit seinem Auto begegnete. Über achtzig war er, gebrechlich und halb blind.

„Es wird immer schlimmer mit Daniele", sagte Sara zu Angelo. „Manchmal wache ich morgens auf und er liegt nicht im Bett neben mir. Ich natürlich gleich runter in die Küche und oh Gott, wenn da jetzt einer am Salamihaken von der Decke hängt."

Das Land schien auszusterben. Wer noch etwas wollte, war weggezogen, die Einwohnerzahl des Dorfes auf ein paar Hundert zurückgegangen. Die hier blieben, erwartete nur wenig außer einer beschwerlichen Zeit vor ihrem Ende.

Ihre Söhne und Töchter, die in der Stadt wohnten, sahen das Erbe dahin schmelzen, denn wer würde das Haus der Alten kaufen wollen, wenn die nicht mehr waren, so weit da draußen? Gab es noch jemand, der Hühner halten wollte und Kaninchen? So lange, bis dieser neue Besitzer selbst zum Haken wurde und sich gekrümmt durch seinen Rest Leben schleppte?

Dabei war das Land schön. Der weite Blick über fünf Dörfer und zwei, drei Städte, die sanften Hügel, die Sonne, der Regen, der Wind, alles voller Kraft, voller beharrlicher Kraft. Nun gut, die Unwetter hatten zugenommen und es gab – keiner hatte das vorher je erlebt – so heftige Kälteeinbrüche mitten im April, dass die Knospen und die Blüten auf den Bäumen erfroren. Vielleicht gab es auch Nächte, in denen Haare verdorrten und weiß wurden.

Aber warum musste das ihn treffen? Es gab so viele andere, denen es kaum etwas ausmachte, ob sie schwarze Haare hatten oder weiße. Das Schicksal ist nicht blind, dachte er, im Gegenteil. Mit scharfem Blick sucht es genau diejenigen aus, die die Last am wenigsten tragen können.

Er stand noch immer vor seinem Spiegel, doch schaute er weg und zum Fenster hinaus. Angelo. Er wusste, Namen bedeuten nichts. Er war kein Engel und wollte keiner werden und weiße Haare passten nicht zu ihm. Fast war er überzeugt, dass sein Haar jetzt wieder schwarz würde, ja, schwarz. Er brauchte bloß nicht mehr in den Spiegel zu schauen und nicht mehr aus dem Haus zu gehen. Die Anderen würden nichts zu reden haben, er sie nicht hören. Oder sich eine Wollmütze überziehen, auch wenn schon Frühling war. Er durchstöberte seinen Schrank und fand sie. Sie war grau, die Wollmütze. Mausgrau.

Er hatte sie von einer Frau, die mit einem Bauchladen durch die Straßen lief und Selbstgestricktes verkaufte. Wie hieß die noch mal? Gabriela? Michela? Egal! Er dachte manchmal an sie, diese flinke Maus, die so schnell und gleich verschwunden war, noch bevor man sie richtig ansprechen konnte. Auch hatte sie leuchtende Augen und ihr Haar glänzte, schwarzes Haar, das glänzte.

Er fand sie in einer Internet-Kleinanzeige, wo sie ihre Strickwaren feil bot und schrieb ihr: „Hallo, kleine Maus, gehst du mit mir aus?" Darauf schien sie empört: „Also von wegen, ich bin einen Meter achtzig groß, also ganz bestimmt keine kleine Maus. Und was den Rest betrifft: Hast du überhaupt genug Geld, um mich einzuladen?"

Ihm gefiel, wie selbstbewusst sie auftrat. Sie war fast ebenso groß wie er selber. Nur: Wollte sie von ihm in ein Restaurant ausgeführt werden? Das würde teuer werden. Er hatte eher an einen Spaziergang den Strand entlang gedacht. Sie konnten ja hinterher bei ihm zu Hause etwas essen. Bevor er sich mit ihr traf, kaufte er frisches Brot und Tomaten.

Sie gingen am Meer spazieren, dann kam sie mit zu ihm und die beiden ließen sich seine Salami, das Brot und die Tomaten schmecken. Sie las aufmerksam das Kleingedruckte auf dem Limoncello-Etikett, bevor sie einschenkte, und nach dem Kaffee zog sie sich aus und legte sich auf sein Bett. Das erregte ihn, erschreckte ihn aber auch, weil alles so schnell ging, und sein Glied regte sich nicht.

108

Hastig verschwand er im Bad. Im Waschbecken lagen einige weiße Haare und er sah im Spiegel, dass ein paar fahle Locken unter der Mütze hervorgequollen waren. Er fegte und stopfte alles energisch weg und ging zurück zu der Frau. Jetzt konnte er endlich, und sie liebten sich und sie redeten, ganz entspannt, liebten sich und redeten, einige Stunden lang.

Er wurde irgendwann wieder hungrig und berührte sie am Arm: „Ach, geh doch mal zu dem Holzkasten da drüben und hole mir Brot."

Sie brachte das Brot und auch die Salami, schnitt sich selber Stücke ab, und er sagte: „Danke, du große kleine Maus. Für alles."

Peter Asmodai

War's das Angelo?

Der 13. Mai. Bald 20 Jahre war es her, da dachte er, dies würde sicher das letzte Mal sein. Naja, vielleicht das vorletzte oder, wenn er Glück hatte, noch zwei oder drei Mal. Man weiß es ja nicht. Es kommt, wie's kommt. Und dann kam das nächste Jahr. Und jedes Jahr kamen mehr Gratulanten.

Angelo Elias García Pelayo hatte sieben Mal geheiratet und sechs seiner Ehefrauen um viele Jahre überlebt. Maria Carmen war seine siebte, sie waren gerademal sechs Jahre verheiratet. Sie war 43 Jahre jünger als er, liebte, trotz fülliger Figur, enganliegende Kleider mit großen Blumenmustern, kämmte ihr schwarzes Haar streng nach hinten zu einem Knoten, der einem kleinen Vogelnest glich. Ihre Passion, den Flamenco, hatte sie zu ihrem Beruf gemacht. Maria Carmen kannte Angelo praktisch ihr ganzes Leben lang. Sie war hier in Olvera geboren und würde auch hier sterben. Getanzt hatte sie auf vielen Bühnen in Spanien und auch in Frankreich, aber ihre Heimat war nur hier.

Insgesamt hatte Angelo 23 Kinder aus sechs Ehen, vier aus unehelichen Verbindungen, 51 Enkelkinder, eine nicht mehr überschaubare Menge an Urenkeln. Drei seiner Kinder waren bereits verstorben, der älteste Sohn, Fernando Angelo, war wenige Monate vor seinem 80. Geburtstag bei einem Verkehrsunfall ums Leben gekommen. Die Namen seiner Kinder – und auch die der Mütter – kannte Angelo alle. Er bedauerte sehr, dass Maria Carmen doch schon zu alt für einen gemeinsamen Abkömmling war. Sie selbst hatte sich nie Kinder gewünscht.

„Schau mal, mi amor", pflegte sie zu sagen, während sie ihm über seine Wange strich. „Meine gesamte Aufmerksamkeit kann ich dir allein widmen. Dir wird es niemals an irgendetwas fehlen, ich lese dir jeden Wunsch von deinen smaragdgrünen Augen ab. Hätte ich ein Kind zu versorgen, könnte ich mich nicht immer um dich kümmern. Das kommt alles dir zugute. Du warst früher der wichtigste Mann in unserem Dorf und wirst jetzt der glücklichste werden – bis an dein Lebensende. Das habe ich dir doch versprochen, als wir geheiratet haben. Du bist die Liebe meines Lebens."

An diesem besonderen Tag trug Angelo einen schwarzen Anzug und ein weißes Hemd mit goldenen Manschettenknöpfen, auf denen ein Stierkopf eingraviert war, die schwarzen Lackschuhe glänzten in der Sonne. Er war von kleiner und zierlicher Statur. An dem kleinen Finger seiner linken Hand steckte ein goldener Siegelring mit einem Rubin, ein Geschenk seiner Mutter zur Geburt seines ersten Sohnes. Noch nie hatte er den Ring vom Finger gestreift, mittlerweile war er fest eingewachsen. Sein ungewöhnlich dichtes Haar ließ er regelmäßig schwarz färben und brachte es mit Pomade zum Glänzen. Es umwehte ihn der Duft seines Aftershaves *Guapo,* das ihm Maria Carmen geschenkt hatte. Er parfümierte sich mehrmals am Tag. Hierfür stellte er sich vor den Spiegel im Badezimmer, zwinkerte sich selbst zu, sprühte sich links und rechts den Hals ein und verteilte den Überschuss von *Guapo* mit beiden Händen übers Gesicht bis hinauf zu seinen Haaren. Dann besprühte er seine Brust mehrmals und manchmal sprühte er auch in seine Schuhe hinein.

Das Fest fand auf der *Plaza Unamuno* statt. Genauso wie vor vielen Jahren, als Angelos Sohn, Pedro Angelo, den Bürgermeisterposten von ihm übernahm. Ein Meer von bunten Girlanden und Fähnchen mit Angelos Konterfei schmückten den Platz. Zwei Gitarrenspieler und eine Sängerin würden Maria Carmen bei ihrem Auftritt begleiten. An der Längsseite des Platzes hatten fleißige Helfer ein Holzpodest gebaut, welches man über zwei flache Stufen erreichen konnte. Auf dem Podest platzierten sie den verschlissenen, braunen Ledersessel aus Angelos Wohnzimmer, der an der Rückenlehne in Kopfhöhe einen speckigen großen Fleck preisgab. Angelo ahnte nichts von den Vorbereitungen. Allerdings war ihm gleich aufgefallen, dass sein Sessel nicht mehr an seinem Platz vor dem Fernseher stand. Er war sehr wütend geworden, schrie seine Frau an, Diebe wären ins Haus gekommen und hätten sein wertvollstes Möbelstück entwendet.

111

„Bestimmt wieder diese Zigeuner. Die Polizei rufen muss man, gleich das Pack in ein Fischerboot in Richtung Afrika aussetzen."

„Reg dich nicht auf, mi amor, wir machen gleich unseren Spaziergang zur Plaza", beruhigte ihn Maria Carmen, während sie im Spiegel einen letzten Blick auf ihre Frisur warf und störrische Strähnen mit Pomade an ihren Kopf klebte.

Während Angelo sein Jackett glattstrich, schaute er zu seiner Frau. „Wann kommen meine Gäste zum Essen ins El Milagro, um 14 Uhr? Bis jetzt waren ja nicht gerade viele zum Gratulieren hier."

„Ja, es ist alles vorbereitet für dich, mi amor."

„Was heißt das? Kommen sie um 14 Uhr oder nicht? Alle dorthin?" Angelo wurde jetzt ungeduldig. „Antworte! Wo ist mein Sessel?"

„Reg dich nicht so auf, das schadet dir doch in deinem Alter, hat der Arzt gesagt", beschwichtigte Maria Carmen ihren Mann.

Sie hakte sich bei ihm ein und manövrierte ihn vorsichtig aus dem Haus. Nach wenigen Minuten waren sie da. Viele Menschen drängten sich auf der Plaza. Als sie die beiden kommen sahen, applaudierten sie und bildeten ein Spalier.

„Was ist hier los? Seit wann weiß ich nicht, was bei uns im Dorf gefeiert wird? Wer hat das gemacht?"

„Mi amor, sie sind alle deinetwegen da", verkündete Maria Carmen.

„Wir haben ausgemacht, mein Geburtstag findet im El Milagro statt. Heute ist doch nicht Karneval und außerdem ist es kurz nach 12. Also, was soll der Zirkus hier? Wie – meinetwegen?"

Die beiden schritten feierlich auf das Podest zu. Plötzlich blieb Angelo stehen und zeigte mit dem rechten Zeigefinger auf das Podest. „Da ist ja mein Sessel. Das Pack hat ihn gestohlen und hierhergebracht. Ist ja unglaublich, was die sich heute trauen. Das hat doch bestimmt jemand beobachtet. Die Täter können noch nicht weit geflüchtet sein."

Maria Carmen stützte ihren Mann, während dieser beschwerlich die Stufen des Podests erklomm und sich auf seinem Sessel

112

niederließ. Angelo setzte sich, wie immer, ganz aufrecht in seinen Sessel und drückte den Hinterkopf an den speckigen Fleck. Maria Carmen blieb unten neben dem Podest stehen. Angelo schaute jetzt über die Menschenmenge der Plaza Unamuno.

Hier vorne, das ist doch – kann sie nicht so gut erkennen – Begoñia. Seit wann sitzt sie im Rollstuhl und hat diese scheußliche, große Brille auf der Nase? Da seh' ich lieber nichts, bevor ich so ein Gestell im Gesicht habe. Ach, gütiger Gott, die Arme! Und diese Person hinter ihr? Winke einfach mal allen zu, ach herrje, jetzt rufen die mir auch noch irgendetwas zu. Immer freundlich nicken … So wie früher, wenn die Zeitungsleute Fotos von mir machten. Ha, endlich passiert was! Die beiden Gitarrenspieler probieren die Mikrofone aus. Hoffentlich können die überhaupt spielen, sind sehr jung und die Sängerin … hab' ich auch schon mal gesehen! Werden die Leute endlich ruhiger, damit wir die Musik hören können? Doch … sie spielen gut und die Sängerin kann sogar singen – hätt' ich nicht gedacht! Maria Carmen tanzt fantastisch … meine Frau! Welches Kleid trägt sie da eigentlich? Ist gar nicht mein Lieblingskleid mit den gelben Volants unten. Wahrscheinlich passt sie da gar nicht mehr rein! Hat ja ganz schön zugelegt in den letzten Jahren. Bei der Hochzeit hatte sie das Kleid getragen und jedes Jahr an meinem Geburtstag. Letztes Jahr auch? Hmmmm, weiß nicht!

Angelo spürte plötzlich eine bleierne Müdigkeit über sich kommen. Er schloss die Augen, während sein Kopf langsam nach rechts rutschte und dann nach vorne fiel.

Susanne Kotrus

113

Wie wäre es mit Angelo?

„Also ... ich weiß nicht. Ich bin mir nicht sicher. Eine klassische Schönheit ist er ja gerade nicht." Barbara Fortune rückte ihre Brille zurecht und musterte die Fotos, die sie übertrieben weit von sich gestreckt in den Händen hielt.

„Bitte? Keine Schönheit? Aber der Mann ist auf dem aufsteigenden Ast!"

„Ach ja?" Barbara Fortune sah von den Fotos auf und richtete ihren Blick nun direkt auf ihr Gegenüber. „Da wäre ich mir nicht so sicher. Sehen Sie denn nicht, dass er eine schiefe Nase hat?"

„Das is' mir scheißegal, Barbara! Der Preis steht. Und ich hab' dir für den Jungen einen guten Preis gemacht."

„Mr. Martinez, wären Sie so nett, Ihre Füße von meiner Chaiselongue zu nehmen? Außerdem werden Sie mit Ihren ewigen Kraftausdrücken bei mir nichts erreichen. Wenn Sie Ihr Früchtchen an den Mann bringen wollen, müssen Sie mir schon ein wenig entgegenkommen." Barbara Fortune ließ ihre Brille auf den kleinen Beistelltisch zu ihrer Rechten gleiten und zuckte mit den Schultern. „Ich bitte Sie. Das werden Sie doch wohl verstehen."

Entgegenkommen? Martinez spürte, wie ihm die Galle bis in die Kehle kroch. Irgendwann bringe ich sie noch um, diese widerliche alte Tante mit ihren ekelhaften Pumps. Wieso trägt sie mit diesen alten grauen Weiberbeinen überhaupt noch Pumps? Er räusperte sich. Dann ließ er seinen Schuh auf das polierte Parkett gleiten und beschrieb mit seinem Absatz einen weiten Bogen über die glänzenden Bohlen. Welches arme Dienstmädchen würde die Alte wohl dazu verdonnern, seinen Sohlenabrieb wieder aus dem Holz zu polieren?

„Trotzdem." Martinez richtete sich auf. „Es bleibt dabei: 2.400 pro Tag. Keine Bademoden. Und nackt kostet extra."

„Ach", sagte Barbara Fortune, „dabei würde ihm nackt sogar entgegenkommen. Bei der Nase." Um ihre Lippen spielte ein vernichtendes Lächeln. Dann wandte sie sich ab und blickte aus

114

dem Panoramafenster ihres Büros, an dem der Hudson River träge glitzernd vorbeizog.

„Ach scheiße Barbara, dann lass es eben!" Martinez raffte die Bilder zusammen, die auf den Fußboden gefallen waren. Ein wirrer Haufen aus Armen, Beinen und geföhntem schwarzem Haar. Er wischte sich den Schweiß von der Stirn und fragte sich, ob Barbara Fortune wohl jemals in ihrem Leben geschwitzt hatte. Doch wahrscheinlich war es ein Naturgesetz, dass in ihrer vollklimatisierten Welt immer nur die anderen schwitzen mussten.

„Wo kommt er überhaupt her?", fragte sie schließlich.

Martinez musterte Barbara Fortunes kantiges Profil, ohne auf ihre Frage zu antworten.

„Mr. Martinez! Ich muss das wissen. Rein geschäftlich – das ist doch wohl nachzuvollziehen."

„Angelo ist Mexikaner", antwortete er nach einer Weile. „Das sieht man doch!"

„Angelo?" Sie hob die Augenbrauen und wandte ihren Blick von der Kulisse vor ihrem Fenster ab.

„Ja, Angelo. Was weiß ich, wie die Mexikaner auf solche Namen kommen. Wobei … warte, ein reiner Mexikaner is' er glaub' ich nicht. Bin mir nicht sicher, aber ich mein', da war auch noch amerikanisches Blut mit dabei."

Barbara Fortune räusperte sich. Sie trat an ihren Schreibtisch und lehnte sich mit beiden Händen auf die gläserne Tischplatte. „Nun, wie auch immer. Ich vermute, Sie haben auch ihn irgendwo aus der Gosse gezogen und nun verkaufen Sie ihn mir für teures Geld."

„Und?" Martinez hob die Arme. „Er hat schöne Schultern und ein schmales Kreuz. Im Anzug sieht er perfekt aus. Wenn er einmal für Armani gelaufen ist, gehört er zu den Stars! Komm schon … schick die Bilder zu Bill. Der wird dir aus der Hand fressen. Das liebst du doch."

Sie musste tatsächlich lachen. „Ach, Martinez. Viele Jungs da draußen haben schöne Schultern und ein schmales Kreuz.

115

Wofür bezahle ich also so viel Geld?"

„Du zahlst, wofür du immer zahlst." Martinez blickte Barbara Fortune lange ins Gesicht. „Und meine Jungs waren immer gut." Er tippte sich auf die Nase: „Instinkt! Außerdem kommt der nicht aus der Gosse. Ich hab' den Jungen in 'ner recht ordentlichen Bar rumstehen gesehen."

„Ordentliche Bar …" Barbara Fortune lächelte und goss sich einen Cognac ein.

„Dann kommen wir also ins Geschäft?", fragte er mit rauer Stimme. Martinez steckte die Fotos in die Taschen seines schlaffen Anzugs. Er fühlte sich matt. Die dunklen Bilder in den goldenen Rahmen erdrückten ihn und das Licht der glitzernden Lüster bohrte sich unaufhaltsam in sein Nervenkostüm. Als er wieder Barbaras Blick suchte, musste er unweigerlich an eine Spinne denken.

„Mr. Martinez." Aufmerksam musterte Barbara Fortune die Körperhaltung von Martinez. „Sie wollten mir doch entgegenkommen. Der Weg aus der Gosse zu Armani ist weit."

Ja, ein weiter Weg und er endet immer vor dieser grässlichen Chaiselongue. Nach endlos langen Minuten vernahm er ein schnalzendes Geräusch aus Barbara Fortunes Mund. „Ich gebe Ihnen 1000 Dollar", sagte sie schließlich. „Mr. Martinez, was wollen Sie? Sie werden doch nicht behaupten, jemand anderes hätte Ihnen einen besseren Preis gemacht?"

Martinez krallte die Finger um die Fotos in seiner Anzugtasche. Dann ließ er endgültig die Schultern hängen, blickte auf den Boden und nickte matt.

„Top! Gut, mein Lieber. Das Geschäft hätten wir gemacht." Barbara Fortune drückte auf einen kleinen Knopf neben ihrem Telefon. Nach dem Summton erschien beinahe geräuschlos ein junger Mann mit herbem Lächeln und blonden Haaren.

„Mr. Martinez, das ist Andrew. Er wird Ihnen den Weg nach draußen zeigen."

116

Ich kenne den Weg nach draußen. Doch Martinez hatte keine Zeit mehr, seine Gedanken zu formulieren. Andrew stand bereits in der Türe, deutete auf den Ausgang und lächelte ihn freundlich an.

Barbara Fortune ließ sich indes in ihren Bürostuhl fallen und griff gierig nach dem Telefon, noch ehe die Türe hinter Andrew und Martinez ins Schloss gefallen war. Die Nummer ihrer Freundin lag auf dem Kurzwahlspeicher mit der Nummer eins. „Emilia!" Barbara Fortune lauschte der vertrauten Stimme am Telefon. „Ja, alles in Ordnung ... ja, tatsächlich, wir haben seit zwei Wochen nichts mehr gemeinsam gemacht. Aber ich hatte gerade interessanten Besuch und da habe ich sofort an dich gedacht." Sie lachte und zwang sich, Emilias Worten zumindest eine Weile zuzuhören. Normalerweise hatte Barbara viel Geduld mit den Ausführungen ihrer Freundin, doch heute konnte sie es einfach nicht erwarten, ihre eigene Beute zu präsentieren.

„Ja ... ja, ich weiß. Emilia, jetzt lass mich doch auch mal erzählen. Du, Martinez war gerade hier. Er hat mir die Setcard von einem jungen Mann gebracht." Sie ließ ihre Pumps auf den Teppich gleiten und beobachtete die glänzenden Cognac-Wogen in ihrem erhobenen Glas.

„Ach Emilia, nun mach dich nicht lächerlich. Das gehört eben zum Geschäft ... ja, ich kann ihm nicht abgewöhnen mich zu duzen, aber seine Jungs sind gut. Heute hat er mir einen mexikanischen Engel für die nächste Armani-Show rangeschafft." Barbara prostete ihrem Portrait zu, das golden gerahmt auf dem Schreibtisch stand. Dann erhob sie sich von ihrem Sessel und grub die Zehen in den üppigen Teppich.

„Martinez behauptet, der Junge sei etwas Besseres." Barbara Fortune lächelte. „Und? Was meinst du? Hättest du Lust?"

Sie löste ihren Ohrclip, bevor sie erneut den Telefonhörer an ihr Ohr drückte. Es knisterte in der Leitung. „Das habe ich mir schon gedacht, dass ich dir mit meinem mexikanischen

Engel eine Freude machen kann. Ich hab' dich ja oft genug mit den mexikanischen Herren auf den Partys herumstehen gesehen." Sie blickte erneut aus dem Fenster, wo die Sonne mittlerweile tief über der Stadt stand.

„Warum er ein Engel ist? Er heißt Angelo. Martinez hat mir einen Angelo mit schönen Schultern und schmalem Kreuz gebracht. Ich würde sagen, vielleicht 20 Jahre alt."

Barbara Fortune ließ sich wieder zufrieden in ihren Bürostuhl fallen. Dann leerte sie ihren Cognac mit einem Schluck. Als sie den Schwenker wieder auf der Schreibtischplatte absetzte, ließ sie ihre Hand lange auf dem filigranen Rand des Glases liegen.

„Wie? Was soll das jetzt heißen? Du hast auf den Jungen doch keine Lust?" Barbara Fortune atmete schwer, als sie Emilia zuhörte. Ihre Augen standen ausdruckslos in ihrem Gesicht, als hätte sie plötzlich alles vergessen, wovon sie eben noch ganz und gar begeistert war.

„Ja", sagte sie schließlich. „Doch, ja, ich bin noch dran." Langsam schob sie ihr Glas beiseite. „Aber ... ich weiß nur wirklich nicht, was ich *dazu* sagen kann." Sie räusperte sich tonlos, ehe sie sich mit steifen Bewegungen wieder in ihrem Stuhl aufrichtete. Barbara Fortunes Gesichtszüge, sonst in namhaften Magazinen im besten Lichte dargestellt, wichen nun einer derben Grimasse. „Jetzt kennen wir uns seit 15 Jahren. Seit 15 Jahren erzählst du mir aus deinem selbstgefälligen Leben jeden Mist. Aber du hast es nie für nötig gehalten, mir zu erzählen, dass du einen Sohn hast?"

Sie starrte aus dem Fenster, vorbei an all den glitzernden Details in ihrem Büro, an denen ihr Blick plötzlich keinen Halt mehr fand. Dann schüttelte sie den Kopf und sog die Luft scharf über ihre Lippen.

„Das ist mir auch klar, dass er anscheinend bei seinem Vater aufgewachsen ist. Irgendwo muss der Junge ja all die Jahre gewesen sein." Barbaras Stimme klang rau und abweisend, als sie Emilias Erklärungen kommentierte. „Aber ich kann das einfach nicht glauben! Du hast wirklich einen Sohn mit einem Mexi-

118

kaner? Mit Juan Pablo? Aber warum? Und außerdem, liegt die Geschichte mit diesem Mann nicht schon 20 Jahre zurück?"

Evi Hallermayer-Jahreiß

Doppelleben

#MeTwo

„Ihre Bordkarte, bitte."

„Haben Sie Flüssigkeiten dabei?"

„Bitte Handy und Schlüssel separat in die Box legen."

Ein ganz normaler Freitagabend am Münchner Flughafen. Nichts deutete darauf hin, dass Herr Niederhuber eine Erscheinung haben würde.

Oskar Niederhuber war in denkbar schlechter Verfassung für Erscheinungen. Er wartete sehnlichst auf das Ende seiner Schicht an der Gepäckkontrolle. Nur noch den Spätflug nach Berlin musste er abfertigen. Eine Horde *Businesskaschperl* hatte er schon kontrolliert. Die waren am schlimmsten. Redeten so geschwollen daher, dass ihr Kopf kaum durch die Sicherheitsschleuse passte. Wenn man sie um ihre Laptops bat, taten sie, als wolle man ihnen den rechten Arm amputieren.

Gscheidhaferl, damische.

Oskar warf einen Blick auf die Uhr. Das Gate schloss in zehn Minuten. Zwei, drei Fluggäste, schätzte er, würden noch hier durchkommen. Er fühlte sich kaum in der Lage für nur eine einzige weitere Kontrolle. Um ihn herum stand die klimaanlagentrockene Luft wie eine unsichtbare Wand. Hinter seiner Stirn brauten sich Kopfschmerzen zusammen.

Oskar griff zur Wasserflasche, als er herannahende Schritte hörte. Eindeutig Stöckelschuhe. Der Lautstärke nach zu schließen, handelte es sich um eine gewichtige Person. Er seufzte. Eine Endsechzigerin mit lila Haaren und identisch coiffiertem Pudel, das fehlte ihm jetzt gerade noch.

Sein Mund, der sich soeben mit einem „Plopp" vom Rand der Wasserflasche gelöst hatte, verharrte in leicht geöffneter Stellung, als er das Wesen auf sich zuschreiten sah.

Diese Wadln ... war sein erster Gedanke nach ein paar Sekunden gähnender Leere in seinem Kopf.

Sie war groß, sehr groß. Kräftige, formvollendete Beine schienen kein Ende zu nehmen. Ihr Kleid betonte Rundungen, die bei Oskars Frau schon längst nicht mehr an den richtigen Stellen saßen. Oskars Blick wanderte von den Killer-Stilettos bis hinauf zur platinblonden Fönfrisur und wieder hinab, den wohlgeformten Oberarmen entlang. An den langgliedrigen Fingern der rechten Hand baumelte nachlässig eine überdimensionale Handtasche in Pink.

„Fertig mit Gucken?"

Oskar erschrak. Ein unerklärlicher Zeitsprung hatte das Wesen – *die Frau,* verbesserte er sich – direkt bis vor seine Nase befördert. Und jetzt sah sie ihn herausfordernd an. Ihre Stimme hatte ein angenehm warmes und tiefes Timbre.

„Naa, i hob doch goar ned …", verhaspelte er sich. Bis er sich besann, dass er ja mit Fluggästen Hochdeutsch reden sollte.

„Die Bordkarte bitte", versuchte er wieder Herr der Lage zu werden. Was gar nicht so leicht war, denn er musste nach oben schauen, um der Dame ins Gesicht blicken zu können.

„Haben Sie wohl", erwiderte sie zuckersüß, während sie ihm die Bordkarte reichte. Ihre Fingerspitzen berührten dabei kurz seine Hand.

Er zuckte leicht zurück und entriss ihr beinahe grob die Handtasche, um sie aufs Band zu legen.

„Freilich, bei dem Aufzug", grummelte er in sich hinein.

„Wie war das?" Ihre hellen Augen hatten einen aufmüpfigen Ausdruck angenommen. Oskar straffte seine Schultern. *Er* würde sich in keine Diskussion reinziehen lassen. Schließlich war *er* hier der Herr im Haus!

„Nehmens mir des ned übel, aber so wie Sie ausschaun …"

Amüsiert zog die Frau eine Augenbraue hoch. „… ist es kein Wunder, dass ich begafft werde, wollten Sie sagen?"

„Jaja, also gut, *begafft!* San's jetzt zufrieden?" In seiner Uniform begann Oskar langsam zu schwitzen.

„Schön, dass Sie so offen sind, Herr …" Ihr kurzsichtiger Blick senkte sich auf sein Namensschildchen. Sie beugte sich leicht

122

nach vorne, und ein Hauch Chanel No. 5 streifte seine Nase.

„… Niederhuber. "

„Sagen Sie Oskar zu mir." *Bist noch ganz gscheit? Lass dich bloß auf nix ein.*

„Oskar." So, wie die Frau den Namen aussprach, klang es viel verheißungsvoller, als wenn Gerda ihn zu Hause zum Essen rief.

„Ich bin Kim." Ihr Händedruck war unerwartet fest.

Bevor er sich von dieser unerwarteten Annäherung erholen konnte, redete sie schon weiter.

„Schön, dass Sie noch sagen, was Sie denken. Seit dieser scheiß MeToo-Debatte traut sich ja kein Mann mehr, den Mund aufzumachen. "

Oskar wusste nicht recht, welche Antwort darauf am unverfänglichsten wäre. Also schwieg er lieber.

„Ich bin ja selbst schuld, wenn ich angemacht werde, oder?" *Mei, hoidst mi für so bled, Madl?*

„Natürlich nicht! Jeder kann doch tragen, was er möchte", antwortete er unverbindlich.

Um das Gespräch zu einem Ende zu bringen, warf er, reichlich verspätet, einen Blick auf den Monitor, der das Innere von Kims Handtasche zeigte.

„Schicke Uniform", flötete Kim scheinbar völlig zusammenhanglos und ließ ihren Blick an seinem Körper hinuntergleiten. So fühlten sich also die Gepäckstücke, die tagtäglich seinen Scanner durchliefen: nackt.

Kim schien auf Antwort zu warten, doch er hatte gerade einen genaueren Blick auf den Monitor geworfen und sich gefragt, ob er träumte.

„Was haben's denn da in Ihrer Handtasche?"

Kim nahm ihre Handtasche entgegen und öffnete sie schwungvoll. Heraus purzelten etwa zwanzig Dildos in allen Formen und Farben. Rote, grüne, hautfarbene, glitzernde, glatte, genoppte, gerade und gekrümmte, gummierte und hölzerne.

Oskar sah verdattert auf das bunte Potpourri der Lustbarkeiten.

123

„Was wolln's denn mit denen?", rutschte es ihm heraus, obwohl es wohl kaum Zweifel an den Anwendungsmöglichkeiten eines Dildos gab.

„Tupperparty für Erwachsene", sagte sie.

„Würden's mir einen verkaufen?", hörte er sich fragen.

Kim schaute ihn von oben herab an. „Das ist doch gar nichts für Sie."

Oskar konnte nicht anders, er lachte laut auf.

„Was ist so lustig?"

Er legte eine Kunstpause ein, bevor er antwortete. Schließlich war der Vorteil ausnahmsweise auf seiner Seite.

„Wie Sie mich gleich in eine Schublade steckn."

Jetzt lächelte auch Kim. Er sah, dass sie verlegen war. Sie schob ihm einen hölzernen Dildo zu. „Schenk' ich Ihnen."

Genau den hätte er auch ausgesucht. Trotzdem fragte er, um das Gespräch noch ein Weilchen länger in Gang zu halten: „Mit welchem haben Sie denn die besten Erfahrungen gemacht?"

Kim sah ihn an, als könne sie nicht glauben, dass er diese Frage gestellt hatte. Dann lachte sie los, ein lautes, kehliges Lachen, bei dem die anderen Beamten, die er völlig vergessen hatte, stirnrunzelnd herüberschauten.

Er stimmte in das Lachen mit ein. Seine Kopfschmerzen waren wie weggeblasen.

Als sie sich wieder beruhigt hatten, sagte Kim: „Ich brauch' keinen Dildo."

Wieder sah sich Oskar durch Untiefen waten. Er wagte sich dennoch einen Schritt weiter vor.

„Was brauchen's dann?"

Kim nahm seine Hand und legte sie an ihre Wange. Er fühlte Wärme, weiche Haut, das Puder des Makeups. Dann fühlte er noch etwas anderes. Es war kaum zu spüren, aber es war da. – Bartstoppeln.

„Einen Herrenrasierer."

124

Mit diesen Worten beugte sich Kim nach vorne und gab Oskar einen Kuss auf die Wange. Ohne sich noch einmal herumzudrehen, ging sie mit langen Schritten in Richtung des Gates, an dem soeben der Flug aufgerufen wurde.

Oskar sah ihr noch lange nach.

Dann fuhr er nach Hause und legte sich ins Bett zu Gerda, die ihn schlaftrunken begrüßte.

„Wos is jetzt des?" Ihr Blick streifte seine Wange.

Zefix.

Kims Lippenstift.

Da die schlichte Wahrheit unglaubwürdig klingen würde, versuchte es Oskar erst gar nicht zu erklären, sondern sagte lediglich: „Ned so wichtig. Mogst mei Mitbringsl sehn?"

Heidi Lackner

Der Mordfall Carew

Der scharfe Winterwind biss durch meine Kleidung, als wir uns dem Eingang des stattlichen Wohnhauses näherten. Mein Freund und ich kamen in der Hoffnung, einen Mörder vorzufinden.

Der Schritt meines Begleiters strahlte eine vitale Energie aus, die seine schlanke Gestalt nicht vermuten ließ. Ich konnte die Erregtheit in seinen grauen Augen erkennen, die ihn immer befiel, wenn er in seinem Element war. Das Spiel hatte begonnen.

„Guten Abend", grüßte mein Freund den Butler, der uns die Tür öffnete. „Mr. Poole, nicht wahr? Erinnern Sie sich an mich?"

„Gewiss, mein Herr." Tiefe Sorge zeichnete das Gesicht des alten Dieners. „Zusammen mit Inspektor Newcomen haben Sie meinen Herrn befragt. Mr. Holmes, wenn ich mich recht entsinne?"

„Ganz recht, Sherlock Holmes, und dies ist Dr. John Watson." Mein Begleiter lächelte den Butler höflich an. „Es ist zwar spät, aber wir müssen den Doktor unbedingt wieder bezüglich der furchtbaren Angelegenheit im letzten Herbst sprechen."

Mr. Poole lächelte gequält. „Verzeihen Sie bitte, aber der gnädige Herr wünscht nicht gestört zu werden." Sein Blick wechselte dabei wild zwischen uns hin und her. Hinter der professionellen Maske seines Berufsstandes ahnte ich eine emotional aufgewühlte Seele.

„Verstehe." Mein Freund zog aus seiner Manteltasche ein Notizbuch hervor. „Ihr Meister wird wohl über das plötzliche Ableben von Dr. Hastie Lanyon erschüttert sein?"

„Gewiss", antwortete Mr. Poole. „Der gnädige Doktor gehörte zu seinen ältesten Freunden."

„Ebenso war Lanyon ein studierter Chemiker wie Ihr Herr, nicht wahr?"

„Gewiss."

„Erlauben Sie mir bitte, Ihrem Arbeitgeber eine Nachricht zu schreiben. Wenn er uns dann noch immer nicht sehen will, werden wir wieder gehen."

Der Butler zögerte kurz. „Bitte kommen Sie herein. Sie dürfen solange Schutz vor der Kälte nehmen."

Mein Freund grinste mich auf seine euphorische Art an.

„Kommen Sie, Watson. Wünschen wir einem Mitglied Ihrer Zunft guten Abend."

„Holmes", erwiderte ich missmutig. „Können Sie die Theatralik nicht lassen und mir endlich sagen, was los ist?"

Die Miene meines Freundes wurde ernst. „Es tut mir leid, aber Sie würden mir niemals glauben. Haben Sie an Ihren Revolver gedacht?"

„Wie Sie befahlen."

„Guter Mann!" Holmes klopfte mir auf die Schulter und ging ins Haus.

Seufzend folgte ich ihm. Wenigstens hielt ihn der Fall von seinen Kokainspritzen fern.

Wir betraten eine hell erleuchtete Eingangshalle, wo sich scheinbar das gesamte Personal von der Köchin bis zum Zimmermädchen versammelt hatte. Holmes ging zu einem Tisch und begann einige Zeilen zu schreiben.

Wie es ihr Beruf vorschreibt, warteten die Dienstboten still auf Anweisungen. Trotzdem gefiel mir die Atmosphäre überhaupt nicht. Ähnlich wie bei Mr. Poole las ich Verstörtheit in den Gesichtern des Hauspersonals. Rührte sie allein von dem schrecklichen Vorfall im letzten Jahr, oder lag noch ein größerer Schatten auf diesem Haus?

Holmes riss einen Zettel aus seinem Notizbuch und gab ihn Mr. Poole. Nachdem dieser gegangen war, um den Herrn des Hauses zu benachrichtigen, wandte mein Freund sich an das restliche Personal.

„Verzeihen Sie bitte meine Neugier, aber hat sich Ihr Herr in den letzten Tagen seltsam verhalten?"

Die Bediensteten schwiegen und konnten Holmes nicht in die Augen schauen.

„Vertrauen Sie mir, meine Fragen geschehen im Auftrag von Mr. Gabriel Utterson."

Die Bediensteten tauschten untereinander Blicke aus. Der Name des Rechtsanwaltes ihres Arbeitgebers zeigte Wirkung.

„Ich weiß", fuhr Holmes mit einem zuversichtlichen Lächeln fort, „dass Dr. Lanyon kurz vor seinem Tod hier auftauchte – mit einer schriftlichen Erlaubnis Ihres Meisters, ihm Zugang zu seinem Labor zu gewähren."

„Ja, Sir", meldete sich ein verblüffter Kammerdiener. „So hat's sich zugetragen. Der Herr Doktor gab sogar an, Schlosser und Zimmermann zu rufen, falls wir wat aufbrechen müssten."

„Vielen Dank. Gab es sonst seltsame Anweisungen, Mr ...?"

„Bradshaw, Sir." Der junge Mann schluckte nervös. „Also, der Herr Doktor hat mich vor zwee Tagen inne Drogerie geschickt, um 'ne Art Salz zu besorgen. War aber wat nich in Ordnung, musste noch mal hin. War aber wieder nix. Da kriegte der Herr Doktor richtig die Panik. Hat mich und Mr. Poole gestern überall suchen lassen."

Holmes runzelte besorgt die Stirn. „War Ihre Suche erfolgreich?"

„Leider nein, Sir."

Ich gestehe, der Bericht des Kammerdieners steigerte bloß meine Verwirrung. Doch Holmes schien Erkenntnis daraus zu gewinnen. Spuren tiefer Beunruhigung, sogar von leichtem Kummer, zeichneten sich auf seinem Gesicht ab.

„Es liegt an diesem Unhold", flüsterte plötzlich ein Zimmermädchen. „Der Herr Doktor ist seit Monaten nicht mehr derselbe."

Neugierig betrachtete ich die junge Frau. „Sie sind Miss Reilly, nicht wahr?"

„Ja, mein Herr." Pflichtbewusst senkte sie ihren Blick.

Ich empfand tiefes Mitgefühl mit dem Zimmermädchen. Im letzten Oktober war Miss Mary Reilly ungewollt Zeugin des grausamen Mordes geworden, der im Jahre 1887 ganz London in Aufruhr versetzt hatte. Praktisch vor dieser Haustür war der ehrenwerte Sir Danvers Carew, ein Mitglied des Parlamentes, zu Tode geprügelt worden. Die Brutalität der Tat sowie die Prominenz des Opfers übten großen Druck auf die Ermittlungen aus. Trotzdem entkam der Täter für Monate den polizeilichen Behörden. Dann tauchte zu jedermanns Überraschung der Mörder unerwartet in der Öffentlichkeit auf, nur um wieder spurlos zu verschwinden.

Jedoch wussten nur wenige, dass der Mord nicht zufällig in der Nähe des Herrenhauses stattgefunden hatte. Zwischen dem Besitzer des Gebäudes und dem Mörder herrschte eine rätselhafte Verbindung, die selbst Holmes deduktive Methoden lange Zeit nicht lösen konnten. Doch heute Abend war offenbar ein Durchbruch gelungen.

Mr. Pooles Rückkehr unterbrach meine Überlegungen.

„Mein Herr wäre bereit mit Ihnen zu sprechen. Wenn Sie mir bitte folgen würden."

Der Butler führte mich und Holmes aus dem Haus in den Garten, wo ein Anbau stand. „Verzeihen Sie meine Neugier", fragte mein Freund Mr. Poole, „aber warum hat Dr. Lanyon das Labor Ihres Herrn aufgesucht?"

„Wenn ich mich recht entsinne, nahm der selige Dr. Lanyon ein paar Notizblätter sowie chemische Substanzen mit."

Mein Freund hakte nach.

„Gehe ich recht in der Annahme, dass Sie seit zwei Tagen vergeblich nach diesen Chemikalien suchen?"

Der Butler blieb vor der Tür des Gebäudes stehen und drehte sich bestürzt um. „Ja, mein Herr. Woher wissen Sie davon?"

In den Augen meines Gefährten schimmerte Triumph.

„Nur eine kleine Schlussfolgerung, mein guter Mann. Lassen wir aber Ihren Herrn nicht länger warten."

Mr. Poole klopfte an. Eine Männerstimme, müde und geschlagen, bat uns hereinzukommen. Wir betraten ein Laboratorium, ausgestattet mit der notwendigen Apparatur für chemische Experimente. Ein ätzender Gestank stach in die Nase. Mir fielen zahlreiche dreckige Glaskolben auf den Anrichten auf sowie zerbrochene Gläser am Boden. Sicherlich entgingen auch Holmes die Details nicht.

Am Ende des Raums stand ein kleiner Ofen, in dem ein Feuer brannte. Davor hockte ein älterer, grauhaariger Mann von großer Gestalt. Als wir eintraten, stopfte er gerade ein Notizbuch durch die Ofenklappe. Danach stand der Mann auf und wandte sich uns zu.

„Poole", flüsterte er. „Lassen Sie uns bitte alleine."

Während der Butler das Labor verließ, musterte ich den Hausherrn. Vor dem Mord hatte ich diese Person nie persönlich kennen gelernt, aber als Arzt kannte ich natürlich den Namen. Eine Koryphäe auf dem Gebiet der Biochemie sowie der Medizin, und, wie vielerorts bezeugt wurde, der vollkommene Gentleman. Die Gestalt, die vor uns stand, war ein Bild des Ruins. Fiebrige, blaue Augen sahen uns aus einem unrasierten Gesicht an.

„Mr. Sherlock Holmes. Dr. John Watson. Einen guten Abend."

Der Sprecher trug einen zerknitterten Anzug, darüber halbgeöffnet einen dreckigen Labormantel.

Holmes erwiderte: „Auch Ihnen einen guten Abend, Dr. Jekyll."

Zwischen uns und dem Angesprochenen stand quer ein Tisch. Dr. Henry Jekyll zog einen Stuhl hervor und setzte sich darauf. Mit seinen tiefen Augenringen erinnerte er mich an die Alkoholiker und Opiumsüchtigen unter meinen Patienten.

Holmes nahm direkt gegenüber von dem Doktor Platz. Da kein weiterer Stuhl vorhanden war, stellte ich mich neben meinen Freund.

„Also", begann Jekyll, „Sie haben es herausgefunden?"

Was herausgefunden? Das Versteck von Sir Carews Mörder?

„Ja", antwortete Holmes. „Es wird Zeit, dass *Er* sich der Justiz stellt."

Ich spürte, dass zwischen meinem Begleiter und Dr. Jekyll ein noch größeres Geheimnis schwebte.

Voller Scham sah dieser uns an. „Bitte glauben Sie mir, dass ich nie wollte …"

Plötzlich verzog er sein Gesicht vor Schmerz. Seine Gelenke zuckten kurz unkontrolliert wie unter einem Krampf. Nur einen Moment lang, dann hatte sich Jekyll wieder gefangen.

Genug der Geheimniskrämerei.

„Keine Ausflüchte mehr!", rief ich. „Wir wissen, dass *Er* zurück ist. Zeugen haben *Ihn* gesehen."

Drohend beugte ich mich vor.

„Wo versteckt sich Edward Hyde?"

„Hier."

„Bitte?", fragte ich verdutzt. Erlaubte sich Holmes einen Scherz? Der Raum war zu klein, als dass sich hier eine zusätzliche Person hätte verstecken können.

Mein Freund legte beruhigend seine Hand auf meinen Arm.

„Er sitzt direkt vor uns."

Zu diesem Zeitpunkt verstand ich überhaupt nichts mehr.

„Holmes, lassen Sie mich bitte nicht weiter im Unklaren."

Mein Freund fixierte Dr. Jekyll fest mit seinem Blick.

„Mein lieber Watson, Sie kennen meine Methoden. Hat man alle anderen Möglichkeiten ausgeschlossen, muss die, welche übrig bleibt, die Antwort sein, so unmöglich sie auch erscheint."

Mit gehobenem Zeigefinger deutete Holmes auf sein Gegenüber.

„Dr. Henry Jekyll, ich behaupte, dass Sie einen Weg gefunden haben, sich körperlich zu verwandeln. Sie sind Edward Hyde, und Edward Hyde sind Sie."

Der solchermaßen Angeklagte strahlte den Fatalismus eines Todgeweihten aus.

„Ich bin nicht *Er*."

„Möglich", erwiderte Holmes, „aber Edward ist ein Teil von Ihnen, nicht wahr?"

Meine Gedanken donnerten durch meinen Kopf. Was ich da

zu hören bekam, war einfach unmöglich.

„Dr. Jekyll", keuchte ich, „wenn … wenn dies stimmt, erklären Sie bitte, wie Sie es bewerkstelligt haben?"

Der Doktor sah mit einer Mischung aus Scham und Selbstmitleid zu mir hoch. Vielleicht lag es am Licht, aber die Farbe seiner Augen erschien dunkler als beim Betreten des Labors. Plötzlich fuhr wieder ein Krampf durch seinen Körper. Nachdem es vorbei war, erzählte Jekyll seine Geschichte.

„Alles hat sich so zugetragen, wie Ihr Kamerad es beschrieben hat, Dr. Watson. Lange war ich von der Dualität der menschlichen Seele fasziniert, wie unser tugendhaftes Streben im Konflikt liegt mit unseren niederen Instinkten. Der Engel ringt mit dem Teufel."

Verlegen lächelte Jekyll.

„Wäre es nicht besser, wenn man den beiden Kontrahenten jeweils ein eigenes Gefäß zukommen ließe, damit sie sich gegenseitig nicht mehr belasten? Kurz gesagt, ich entwickelte einen Trank, wodurch ich dem dunklen Teil meines Selbst eine eigenständige Gestalt gab, die sich Edward Hyde taufte."

„Unglaublich!", entfuhr es mir. „Welche Wissenschaft vermag solches?"

Anstatt zu antworten, schnitt der Doktor eine Grimasse, als ihn ein weiterer Krampf schüttelte.

„Watson", wandte Holmes ein, „ich fürchte, die Zeit läuft uns davon."

„Ja, die Zeit", stöhnte Jekyll. „Meine Zeit läuft ab. Mit der Zeit wurde die Verwandlung in Mr. Hyde immer einfacher. Ah, welche Freiheit ich genoss, losgelöst von meiner langweiligen, gutbürgerlichen Existenz. Allmählich wurden die Exzesse meines anderen Ichs immer schlimmer, und eines Abends legte ich mich als Jekyll ins Bett und wachte am nächsten Morgen als Hyde auf. Nach diesem Schreck beschloss ich, das Mittel nicht mehr zu nehmen."

„Ihre Abstinenz hielt aber nicht an", kommentierte Holmes harsch.

132

Schweißtropfen sammelten sich auf Dr. Jekylls Stirn. Sein ungewaschenes Haar wirkte plötzlich weniger grau.

„Oh, einen größeren Fehler hätte ich nicht machen können. Nach der langen Gefangenschaft glich Edward einem tollwütigen Hund. Sir Carew hatte einfach nur Pech, als sich ihre Wege kreuzten und Edward ihn impulsiv aus reiner Mordgier erschlug."

„Warum nicht", sinnierte mein Freund. „Ihm fehlte jede Scham, jedes Mitgefühl."

„Nach dieser Katastrophe", fuhr der Schuldbeladene fort, „wusste ich, dass nur Hydes völliges Verschwinden uns beide vor einer Hinrichtung retten konnte. Doch vor einigen Tagen verwandelte ich mich mitten im Stadtpark ungewollt in Edward. Sein Wesen war einfach zu dominant geworden."

„Hyde war gezwungen, Ihren Freund Dr. Lanyon um Hilfe zu bitten", stellte Holmes fest.

„Irgendwie musste er ja an das Mittel kommen." Jekyll schüttelte seinen Kopf. „Der arme, alte Hastie. Es war ein zu großer Schock für sein Herz, Zeuge meiner Rückverwandlung zu werden. Seitdem musste ich das Elixier regelmäßig einnehmen, um ich selbst zu bleiben."

„Doch inzwischen ist Ihr Zaubertrank aufgebraucht", bemerkte Holmes, „und Ihnen fehlt eine wichtige Zutat für den Nachschub."

„Gratuliere", sagte Jekyll resigniert. „Die ursprüngliche Probe muss verschmutzt gewesen sein, denn die neuen Lieferungen haben keine Wirkung erzielt."

Wieder wurde sein Körper geschüttelt, als zögen unsichtbare Marionettenfäden daran.

„Meine Herren, ich spüre, wie ich für immer in die Ohnmacht entgleite." Der Doktor keuchte ein letztes Mal vor Schmerz. „Meine Unterlagen wurden verbrannt. Kümmern Sie sich um Hyde!"
Danach schlug er Kopf und Arme flach auf den Tisch und begann wild zu zucken.

133

Was als nächstes kam, dauerte nur zwei Wimpernschläge, aber jede Einzelheit hat sich mir bis ans Lebensende ins Gedächtnis gebrannt.

Ich hörte Knochen knacken, als Jekylls Körper unter seinen Gewändern zu schrumpfen begann. Die grauen Strähnen wichen aus seinem Kopfhaar. Die langen und feinen Finger des Arztes wurden kürzer und schwieliger. Haare sprossen auf den ehemals glatten Handrücken.

Schlagartig fuhr Jekyll hoch – jedoch war es nicht mehr Jekyll. Vor uns befand sich eine konturlose Maske aus Fleisch, die einen alptraumhaften Klagelaut ausstieß. Dann verwandelte sich die Fleischmaske schlagartig in ein menschliches Gesicht zurück. Irgendwo rief eine Stimme: „Gütiger Himmel." Sie klang wie meine eigene.

An der gegenüberliegenden Tischseite saß jetzt ein bulliger Mann mit fliehender Stirn, etwa 20 Jahre jünger als der Besitzer der Kleider, die er am Körper trug.

Holmes wirkte gefasst, aber die Bestürzung in seinen Augen war deutlich zu sehen. Ich selbst war fassungslos vor Grauen.

Wie aus einem tiefen Schlaf erwacht, schüttelte der Neuankömmling seinen Kopf und sah uns mit wütender Verachtung an.

„Was gafft ihr so?" Der Mann stand auf und ging rückwärts vom Tisch weg. Dabei musste er seine zu große Kleidung festhalten, um nicht zu stolpern. „Hat den Herrschaften die Show gefallen?"

Ich fand endlich meine Fassung wieder. „Jekyll?"

„Haste nicht aufgepasst, du Depp?" Hyde lachte. „Der Quacksalber hat für immer die Fliege gemacht. Jetzt darf ich die Suppe auslöffeln."

„Urteilen Sie nicht zu hart über Dr. Jekyll." Holmes stand auf und positionierte sich zwischen Hyde und der Tür. „Trotz all seiner Fehler, der Mord an Sir Carew geht auf Ihr Konto."

„Meinste", höhnte Hyde, aber Angst war in seinen Augen.

Ich zog meinen alten Armeerevolver hervor und ging um den Tisch herum.

134

„Zugegeben, Sie sind auf ungewöhnliche Weise in diese Welt gekommen", erwiderte Holmes, „aber Sie werden sie durch den Galgen wieder verlassen."

Hyde drängte sich gegen einen Kabinettschrank, als Holmes und ich ihn vorsichtig einkreisten. Plötzlich fuhr er herum.

„Watson!"

Holmes sprang vor, aber Edward Hyde hatte bereits eine Schublade aufgerissen. Sein Körper verkrampfte schon, als mein Freund nach ihm griff. Hydes Hand umklammerte eine leere Flasche. Wir legten ihn auf den Boden, aber der süße Mandelgeruch von Zyankali verriet mir, dass es bereits zu spät war.

„Es scheint, als ob sich die Öffentlichkeit damit zufrieden gibt, dass der Mörder von Sir Carew Selbstmord begangen hat." Holmes blätterte weiter in den Zeitungsblättern.

„Natürlich gibt es Spekulationen über das Verschwinden von Dr. Jekyll. Für die Mehrheit ist er als Hydes ehemaliger Komplize auf der Flucht. Seine Freunde halten ihn für ein weiteres Opfer."

Grinsend sah mein Freund zu mir hinüber. „Ironisch, nicht wahr, dass alle ein wenig recht haben?"

Im Moment konnte ich Holmes Art von Humor nur schwer ertragen.

Zwei Nächte waren nach dem tragischen Ende des seltsamen Falles vergangen. Wir hatten Inspektor Newcomen, dem leitenden Beamten, einen ausführlichen Bericht der Ereignisse gegeben. Vermutlich suchte der Inspektor immer noch nach einer glaubhafteren Erklärung.

„Holmes, bitte! Dieses Erlebnis quält mich immer noch."

Wir hatten es uns im Wohnraum unseres Appartements in der Baker Street bequem gemacht.

„Sollten wir nicht versuchen, die Öffentlichkeit über die die groteske Verbindung zwischen dem armen Dr. Jekyll und Mr. Hyde aufzuklären?"

Holmes legte die Ausgaben diverser Londoner Zeitungen zur Seite.

„Möchten Sie nähere Bekanntschaft mit den Insassen von Bedlam[1] machen?"

Seufzend rieb ich meine Stirn.

„Wie sind Sie bloß dahintergekommen?"

„Aufgrund der Kleidung, die eine Nummer zu groß war."

Mein fragender Blick bat um Erläuterung.

„Wie Sie wissen, begann es damit, dass Mr. Utterson neugierig war, warum einer seiner Klienten einen scheinbar völlig Fremden zum Protegé nahm."

Zur Verdeutlichung hob Holmes seine Hände.

„Hier ein angesehener Arzt. Dort ein Mann ohne Vergangenheit. Keine erkennbare Verbindung zwischen den beiden."

„Ja", sagte ich. „Sie ließen Hyde bespitzeln und stellten fest, dass er regelmäßig Bordelle und Spielhöllen aufsuchte."

Holmes nickte mir zu.

„Es war nicht schwierig, die Theorie aufzustellen, dass Edward Hyde eine geheime Identität des Doktors war, benutzt um ein Doppelleben zu führen. Nur wie veränderte Jekyll dermaßen sein Aussehen? Ich bin Experte in Sachen Verkleidung, und selbst mir war es schleierhaft."

Ich konnte meine Spannung kaum verbergen.

„Wie lösten Sie nun das Rätsel?"

Holmes rutschte in eine bequemere Sitzposition und fuhr fort: „Als Hyde vor einer Woche wiedergesehen wurde, fiel den Zeugen vor allem auf, dass er Kleider trug, die zu groß für seine Gestalt waren. Warum sollte ein gesuchter Mörder sich in die Öffentlichkeit wagen, noch dazu in unpassender Kleidung?"

Mein Freund zuckte mit den Schultern.

„So unmöglich es auch schien, mir fiel als Antwort nur eine spontane, höchstwahrscheinlich ungewollte, körperliche Metamorphose ein. Jekyll war ein genialer Biochemiker, dort musste es einen Zusammenhang geben."

„Elementar", murmelte ich. „Dr. Jekyll war ein kultivierter Mensch aus gutem Hause. Wie entsprang seiner Seele nur ein

136

solcher Unhold wie Hyde?"

„Das, Watson, ist die grundlegende Frage zur menschlichen Natur, über die sich die Philosophen streiten."

Neugierig betrachtete ich meinen Gefährten.

„Holmes, hat dieser Fall Sie nicht genauso existenziell erschüttert wie mich?"

Er neigte seinen Kopf zur Seite.

„Denken Sie an Hamlet, mein Bester. Mehr Dinge zwischen Himmel und Erde, und so weiter."

Damit stand Holmes auf und ging zum Kaminsims, wo eine Flasche und ein Etui aus marokkanischem Leder warteten.

Verdrossen schüttelte ich den Kopf.

„Ich sehe, der Fall ist vorbei, und Sie müssen sich wieder eine Dosis Kokain in die Venen schießen."

„Sie wissen, wie es läuft, Watson." Holmes krempelte einen Ärmel hoch. „Mein Geist empört sich gegen den Stillstand."

Wieder kehrte meine Erinnerung zurück zu der Nacht in Jekylls Labor. Diesmal sah ich vor mir die Elendsgestalt, die aufgrund ihrer Sucht alles verloren hatte.

„Dr. Henry Jekyll war auch ein Genie, abhängig vom Genuss einer gefährlichen Substanz." Ich sprach mit ruhiger, aber fester Stimme. „Ihm entglitt die Situation. Wird es Ihnen besser ergehen?"

Stephan Priddy

---

[1] Bezieht sich auf das Bethlem Royal Hospital, eine psychiatrische Klinik in London. Anmerkung des Verfassers

Die Enthüllung

Mein über alles geliebter Velten!
Wie sehr sich mein Herz deine Rückkehr ersehnt! Und doch
muss ich lesen, dass du dich so prächtig ohne mich amüsierst.
Ich will hoffen, dass es nur am Wein und nicht etwa an einer
anderen Frau liegt, dass dir Frankreich so gut gefällt ...

Wer auch immer diesen Brief geschrieben hatte – sie hatte sich wirklich große Mühe gegeben. Die Buchstaben waren schön geschwungen. Der Text war auf Deutsch verfasst und zudem in einer merkwürdigen alten Schrift, welche mir die Übersetzung erschwerte. Es war ja doch schon eine Weile her, dass ich diese Sprache zuletzt benutzt hatte. Von einzelnen Sätzen mal abgesehen.

Ich hielt den Brief unter die Nachttischlampe, sodass das blaue Licht anging und ich ihn genauer betrachten konnte.

Das Papier war abgenutzt und alt. Der Inhalt konnte es jedoch nicht sein. Die ersten beiden Zahlen waren verwischt, aber Juni 27 war eindeutig zu entziffern.

Aufgelöst wie ich war, hatte ich wohl unbewusst mit den Fingern meiner freien Hand das Smartband aktiviert, denn auf meinem Unterarm war der Bildschirm zu sehen. Gut, so konnte ich den Brief wenigstens gleich fotografieren. Ich tippte auf die Innenfläche meines Armes, bis ich genug Fotos hatte, markierte den Text und ließ ihn mir direkt über eine App übersetzen.

Sacrebleu. Das war ja noch schlimmer als erwartet. Mein Puls lag wohl irgendwo bei 180, auch wenn mir das mein Smartband gerade nicht anzeigte.

An dem Text gab es nichts falsch zu verstehen: Er hatte eindeutig etwas mit einer Anderen, die offensichtlich in Deutschland auf ihn wartete. Und das obwohl wir uns darüber einig gewesen waren, dass es zwischen uns niemanden Anderen geben durfte und er mir versichert hatte, dass er mit keiner anderen Frau zusammen war. Unfassbar. Er hatte mir Monate lang etwas vorgemacht.

Ich wollte wissen, wer ihm da geschrieben hatte und überflog die restlichen Zeilen. *Deine Rebecca.* Bevor ich die Übersetzung des übrigen Textes lesen konnte, hörte ich, wie sich die Wohnungstür öffnete. Ich legte den Brief schnell wieder in die Schublade zurück. Als ich das Schlafzimmer verlassen wollte, stand er vor mir.

„Salut, mon poussin." Er küsste mich auf die Stirn. Ich sah ihn nicht an. Er fuhr mir mit den Fingern über die Wange. Wie gut sich das anfühlte. Ich genoss seine Nähe und den erfrischenden Duft an seinem Hemd. Bis ich mir den Brief wieder in Erinnerung rief. In mir loderte es, doch ich wollte mir nichts anmerken lassen, auch wenn das unmöglich schien. Ich drückte ihm einen Kuss auf die Wange, dazu musste ich mich bei seiner Körpergröße kaum strecken, ging eilig an ihm vorbei und blieb bei der Garderobe stehen.

„Hab ich was angestellt?", hörte ich ihn fragen. Ich versuchte mich zusammenzunehmen.

„Ich war nur müde und habe mich etwas hingelegt." Ich hoffte, dass mein Murmeln auch nach Müdigkeit und nicht nach unterdrückter Wut klang. Velten schloss die Schlafzimmertüre.

„So? Das Bett sieht nicht so aus, als hättest du darin geschlafen."

Während er sprach, bemerkte ich, dass der Brief immer noch auf meinem Unterarm zu sehen war. Gut, dass ihm das bis jetzt nicht aufgefallen war. Erst als ich die Hände hinter meinem Rücken versteckt hielt, ließ ich den Bildschirm wieder durch eine Drehung meines Handgelenkes verschwinden. „Das ist schließlich nicht meine Wohnung." Angesichts der Tatsache, dass ich gerade aus Misstrauen seine Schubladen durchsucht hatte, hätte ich mich für diesen Satz eigentlich schämen müssen. Das tat ich vielleicht auch, doch das würde er wenigstens nicht bemerken, denn ich hatte ihm schon den Rücken zugewandt und war gerade dabei, meine Sandalen aus dem Schuhschrank zu nehmen. Ich stieß einen Schrei aus, denn als ich mich wieder umdrehte, stand Velten hinter mir.

„Wie schaffst du es immer, dich so heranzuschleichen?", brachte ich gerade noch so heraus.

„Du bist angespannt Sophie, da entgeht dir vieles." Er massierte meine Schultern, während ich wieder vor seinem Blick floh.

„Was hast du denn?", wollte er wissen. „Du bist ja noch blasser als sonst."

„Das sagst ausgerechnet du. Wann hast du eigentlich zuletzt Tageslicht gesehen?"

Er wirkte erstaunt, ging aber sonst nicht auf meine Frage ein. Ich zog mir unterdessen die Schuhe an und unterbrach den Moment des Schweigens. „Wie wär´s, gehen wir nach draußen? Irgendwo etwas trinken."

„Gut, wenn du dann mit mir sprichst."

Nach meiner Entdeckung hatte ich eigentlich große Lust auf einen Besuch in einer Bar, aber dafür war es noch etwas zu früh und so entschlossen wir uns dazu, in ein Café zu gehen. Jetzt saßen wir uns unter der Sonnenjalousie an einem weißen runden Tisch gegenüber. Die Kerze, die darauf stand, war beinahe abgebrannt. Ich drückte mit meinem Messer auf den Crêpe und sah zu, wie die süße Schokoladenfüllung auf den Teller lief, bis auf der platt gedrückten Seite fast nur noch die leere Teighülle vorhanden war.

„Der Crêpe kann nichts für deine schlechte Laune", bemerkte Velten.

„Nein, der nicht." Ich sah Monsieur Ich-bleib-dir-ewig-treu nur kurz an.

Er ließ nicht locker: „Wenn er dir nicht schmeckt, hättest du vielleicht keinen bestellen sollen."

„Ja, hinterher ist man immer klüger." Ich legte das Besteck zur Seite. Der Duft drang immer noch durch meine Nase, doch Appetit hatte ich keinen mehr. Es entstand eine Pause, in der ich an Velten vorbei und durch die Fensterscheibe auf die Bilder an der roten Wand sah.

„Du bist so unruhig, mon poussin." Velten beugte sich über den Tisch und griff nach meiner Hand, die sich mal wieder unbewusst zum Smartband bewegt hatte. Ich spürte ein angenehmes Kribbeln, als er mir über die Finger strich. Zugleich überkam mich ein schlechtes Gewissen. Warum hatte ich nur seine Sachen durchwühlt? Aber ganz offensichtlich hielt er sich ja auch nicht an unsere Vereinbarung und ich war es leid, eine ständige Mätresse zu sein. Das war ich in meinen vorherigen Beziehungen schon zu häufig gewesen. War das, was ich wollte, denn wirklich zu viel verlangt? Dass es niemanden anderen zwischen uns geben sollte? Ich musste herausfinden, was es mit dem Brief auf sich hatte.

„Ich möchte dich was fragen." Ich sah nur auf Veltens Finger, die noch immer über meiner Hand lagen.

„Dann frag." Er hatte schnell reagiert. Und womit sollte ich jetzt anfangen?

„Du hast mir erzählt, deine Familie kommt aus Deutschland."

„Ja, aber ich lebe schon ein Leben lang hier." Er wandte seinen Blick kein einziges Mal von mir ab, während er mit mir sprach. Bemerkte er noch immer nicht, dass ich ihn ertappt hatte? „Trotzdem hast du einen leichten Akzent." Er kannte sein Heimatland mit Sicherheit besser, als er mir weismachen wollte.

„Hab ich den?"

Ich nickte nur und wartete geduldig eine Erklärung ab.

„Ich habe in meiner Kindheit fast nur deutsch gesprochen."

„Wann warst du zuletzt in Deutschland?"

Velten schüttelte grinsend den Kopf.

„Ist wirklich schon eine Ewigkeit her." Verträumt sah er an mir vorbei. Dachte er jetzt etwa an seine geliebte Rebecca? Und überhaupt, er war noch nicht einmal dreißig, wie konnte er da schon von einer Ewigkeit sprechen?

„Was ist für dich eine Ewigkeit? Monate? Jahre?" Ich musste mich inzwischen wohl schon ziemlich verzweifelt angehört haben. Doch Velten zuckte nur mit den Schultern.

„Jahrzehnte? Jahrhunderte?", führte er meinen Satz in aller Ruhe weiter.

„Das ist nicht witzig", schrie ich ihn an. Zu meiner Überraschung wirkte er leicht irritiert. Ich versuchte mich zu beruhigen, bevor ich weitersprach. „Du hast doch sicher noch Bekannte in Deutschland?"

„Ich wüsste niemanden."

Ach, wirklich? Mir fällt da eine ganz bestimmte Frau ein. Diejenige, die dir auch die Liebesbriefe schreibt.

Ganz gleich, was er von mir hielt, wenn er von meiner Spionage erfuhr – es war an der Zeit, ihn auf den Brief anzusprechen. Und ich war jetzt wütend genug es zu wagen. Jetzt war der richtige Augenblick, also öffnete ich den Mund. Doch ich brachte kein Wort hervor. Stattdessen schob ich mein Essen beiseite. Veltens Blick folgte meinem Teller, der mittlerweile ganz am Rand des kleinen Tisches stand.

„Also lässt du den Crêpe doch einfach liegen." Seine Stimme klang gekünstelt enttäuscht, doch auf seinen Lippen zeigte sich ein leichtes Lächeln. Wenn er mich damit wütend machen wollte, dann hatte er es geschafft.

„Du willst also wissen, warum ich so schlecht drauf bin. Du hast mir versprochen, dass ..." Ich nahm an, dass die Lautstärke meiner Stimme nicht mehr mit der des Akkordeons mithalten konnte, das plötzlich neben uns erklang, also gab ich es auf und sprach nicht weiter. Als ich hörte, was da gespielt wurde, wurde mir übel. *Je t'aime ... moi non plus.* So etwas um diese Tageszeit, wie unpassend. Ich versuchte mich zusammenzureißen.

Velten sah sich unterdessen nach der Kellnerin um. Vielleicht wollte er einfach nur bezahlen. Andererseits ... Sein Blick ruhte lange auf ihr, und sie sah unverschämt gut aus. Ich hielt es nicht mehr aus und stand auf. Er sah mich mit erhobenen Augenbrauen an. Jetzt hatte er wohl begriffen, weshalb ich wütend war, doch es war zu spät.

142

„Sophie", hörte ich noch seine sanfte Stimme. Entschlossen mich nicht mehr umzusehen, verließ ich das Café. Die Rechnung konnte dieser Casanova gefälligst alleine bezahlen.

Ich eilte über den Pont Alexandre. Schließlich blieb ich erschöpft an einer Straßenlaterne stehen, lehnte mich an die Brüstung und sah auf die Seine, in der sich die Lichter der Brücke spiegelten. In meinem Kopf war immer noch die Melodie des Akkordeons, dazu passendes Geflüster. *Je t´aime.*

Ich wollte nicht mit einem Mann zusammen sein, der mich so hinterging, und konnte es trotzdem nicht verhindern, gerade jetzt an ihn zu denken. Es war erst zwei Minuten her, dass ich ihn gesehen hatte. Und ich hatte bis jetzt ja überhaupt noch nichts gesagt oder getan, das es rechtfertigen würde, ihm schon jetzt nachzutrauern. Ihn zu vermissen. Jede Berührung zu vermissen. Es war fast so, als würde ich ihn hinter mir spüren. Ich bekam eine Gänsehaut. Oh, dieser verdammte Ohrwurm war schuld daran. Oder vielleicht doch nicht? Zur Sicherheit drehte ich mich noch einmal um. Natürlich war da niemand.

Ich lief weiter und musste einem Jogger ausweichen, den ich kaum noch wahrnahm, als sich meine Augen mit Tränen füllten. Trotzig wischte ich sie mir vom Gesicht. Velten war es nicht wert und ich sollte ihn am besten sofort für immer aus meinem Gedächtnis verbannen. Doch dann hörte ich auch noch seine Stimme.

„Wieso vertraust du mir nicht, Sophie." Ich zuckte zusammen. Dieses Mal war es keine Einbildung. Wie hatte er mich denn so schnell gefunden? Den Schrecken ließ ich mir nicht anmerken. Meinen Blick auf den gepflasterten Boden gerichtet ging ich näher Richtung Fluss. Und endlich sprach ich das aus, was ich die ganze Zeit sagen wollte.

„Ich kann mir denken, warum du tagsüber ständig schläfst." Oh verdammt, jetzt kamen mir wieder die Tränen. Velten legte seinen Arm um meine Schulter. Ich versuchte, ihn nicht anzusehen, um nicht wieder einem seiner Tricks zu verfallen.

„Ich kann mir nämlich vorstellen, wie du deine Nächte verbringst."

„Du täuschst dich, wenn du denkst, dass ich dich betrüge, Sophie." Ich fragte mich, ob Wut, wenn man sie lange genug empfunden hatte, irgendwann aufgebraucht sein konnte. Das Hämmern in meiner Brust wich einem Gefühl von tiefer Schwere. Im Moment kam nicht mehr als ein Schniefen aus mir heraus.

„Erzähl das doch deiner Freundin in Deutschland."

„Ich habe keine ... Was hast du in meinem Schlafzimmer gefunden?", fragte er. Seine Stimme klang tief und sanft.

Gut, er legte es darauf an, also schaltete ich das Smartband ein und zeigte ihm den Brief auf meinem Unterarm. Er hob die Augenbrauen.

„Der ist 400 Jahre alt."

Was? Wie konnte er es wagen, mir noch immer etwas vorzumachen?

„Natürlich, der ist zufällig an einen anderen Velten adressiert und dann auch noch in deiner Schublade gelandet."

„Dass er nicht für mich war, habe ich nicht gesagt."

Ich verstand erst einmal überhaupt nicht, was er damit meinte. Ein Jahrhunderte alter Brief, an ihn gerichtet. Dafür gab es keine natürliche Erklärung. Also hielt er mich entweder für komplett bescheuert oder er wollte sich über mich lustig machen. Nicht mit mir.

„Willst du mir jetzt erzählen, du bist 400 Jahre in die Zukunft gereist? Ich sehe nirgends eine Zeitmaschine."

Er grinste nur und schüttelte den Kopf.

„Du willst die Wahrheit erfahren, mon poussin?" Wieder legte er einen Arm um meine Schulter.

„Schau mich an."

Nein, darauf würde ich nicht noch einmal reinfallen. Damit er wieder mit seinem Hundeblick kam, und alles war vergeben. Nein. Nicht mit mir. Velten aber wartete geduldig ab. Und dann blieb mein Blick doch an seinen Augen haften. An seinen grünen

144

Augen, Moment sie wurden blau, wie meine eigene Iris, dann braun, grau. Mir wurde schwindelig. Und dann sah ich auf seine Zähne. Ich hatte mich nie gefragt, warum sie so spitz waren. So unnatürlich. Um mich herum wurde alles dunkel ...

Als ich wieder erwacht war, sah ich in seine grünen Augen.

„Bonjour, mon poussin." Eine zu freundliche Begrüßung für meinen Geschmack. Ich lag auf seinen Schenkeln, auf einer der steinernen Sitzbänke, richtete mich langsam und benommen auf und sah mich um. Die Lichter an der Mauer und die Laternen auf der Brücke schienen hell.

„Was hast du mit mir gemacht?" Ich versuchte die vielen Gedanken in meinem Kopf erst einmal zu sortieren.

„Gar nichts." Er sah mich an, als sei er die Unschuld in Person, und ich versuchte es erst einmal zu ignorieren und dachte nach. Wo waren wie stehen geblieben? Ach ja richtig, der Brief.

„Wer ist Rebecca?"

„Ist nicht wichtig. Der Brief ist alt."

„Juni 2027, der Brief ist keinen Monat alt."

„1627." Velten klang so, als würde er das, was er eben gesagt hatte, selbst glauben. Ich war längst mit meiner Geduld am Ende und mir fehlte allmählich die Kraft, ihm etwas entgegenzusetzen.

„Es war während meiner Gesellenwanderung in Frankreich."

„Vor 400 Jahren." Einfallsreich war er, das musste man ihm lassen. So viel also zum Thema, er wäre nur zwei Jahre älter als ich.

„Und du willst mir erzählen, dass du ein Vampir oder so was in der Art bist?" Er nickte nur und wirkte dabei immer noch so überzeugend.

„Das ist doch lächerlich." Mit verschränkten Armen sah ich weg.

„So? Und wieso bist du dann umgekippt?" Er hielt seine Finger an sein Kinn und hob die Augenbrauen.

„Das hängt wohl damit zusammen, dass ich so ANGESPANNT bin." Eine bessere Antwort fiel mir nicht ein. Nun wäre da nur noch seine wechselnde Augenfarbe, doch auch hierfür hatte er sicher eine Erklärung.

„Das sind übrigens interessante Kontaktlinsen, die sogar die Farbe wechseln können."

Velten musste laut lachen.

„Dass ich umgefallen bin, findest du wohl witzig."

„Ist nur fair, nachdem du meine Sachen durchsucht hast." Er klang amüsiert. Oder doch eher eingeschnappt?

Wieder wandte ich meinen Blick ab und wieder zupfte ich an meinem Smartband. Was, wenn er mir die Wahrheit erzählt hatte? Ach, in diesem unwirklichen Zustand war es schwer genug, den Verstand zu behalten. Aber Vampire. Wirklich? Wenn ich mir den Brief noch einmal ansehen könnte. Ich wagte kaum zu fragen, doch ich musste mir Klarheit verschaffen.

„Kann ich ... hättest du etwas dagegen, wenn ..." Während ich noch nach passenden Worten suchte, spürte ich seine Hand an meiner Hand. Er drehte sie behutsam in seine Richtung und der Brief erschien. Ich lächelte ihn an. Noch einmal warf ich einen Blick auf die Schrift. Dass der Brief so alt war, ergab wirklich Sinn. Und wieso sollte er eine so unglaubliche Geschichte auch erfinden? War das, was er mir erzählt hatte, wirklich möglich?

„Warum erzählst du mir das alles erst jetzt?" Ich stellte meine Frage äußerst vorsichtig und konnte trotzdem nicht verhindern, dass er mich verletzt ansah.

„Hätte es dich nicht noch misstrauischer gemacht? Du willst mir ja noch immer nicht glauben."

Er stand auf und wollte gehen. Ich wurde nervös und war nicht mehr in der Lage zu entscheiden, was ich nun tun sollte. Ich hatte einen Fehler gemacht, jetzt würde ich ihn verlieren. Entsprach seine Geschichte am Ende doch der Wahrheit? Tränen strömten über meine Wangen und fielen einzeln auf meinen Rock. Was sollten die Gedanken, so oder so, ich hatte ihn verloren. Ich wünschte, ich hätte diesen Brief niemals gefunden. Also löschte ich das Foto endgültig aus den Dateien. Kurz darauf spürte ich, wie sich Veltens Arm um meine Schulter schlang und ich lehnte mich erschöpft an die seine.

„Das ist schwer zu begreifen. Ich weiß." Sein Flüstern klang jetzt wieder ganz zärtlich und sanft.

„Ich will dich nicht verlieren, Velten."

Er küsste mich auf die Stirn. Allmählich gelang es mir, mich zu entspannen. Schweigend blickten wir auf die Seine, deren Wasser orange schimmerte.

Melanie Michalak

Two Souls

Weiß.

Meine Welt bestand aus weiß.

Der Schnee, der unter meinen Stiefeln knirschte.

Der Himmel hoch oben, bedeckt von grellen Wolken.

Die Luft, benetzt von fallendem Schnee.

Der blanke Schmerz, der durch meinen Körper schoss.

Weiß.

Ich gehe mit Delia durch die dunklen Gänge der Akademie. Die Lichter hoch oben, angetrieben von Magie, leuchten matt vor sich hin. Es ist, als wäre mit seinen Bewohnern auch das uralte Schloss selbst eingeschlafen. Als wäre jede einzelne Seele ins Land der Träume gedriftet.

Nur nicht ich. Nicht Delia.

Nicht heute.

„Delia!"

Der Wind entriss mir die Worte augenblicklich. Trotzdem rief ich weiterhin nach ihr, wieder und wieder.

Die eisige Luft durchdrang den Stoff um meinen Körper, bohrte sich in meine Haut. Ich hatte noch nie so viel Kälte gespürt.

„Delia!"

Nur eine Stelle war nicht kalt. Meine Seite war angenehm warm. Gewärmt vom Blut, das durch den Stoff meiner Kleidung sickerte und in den Schnee tropfte.

„Delia!"

Es nützte nichts, ich wusste es. Es gab nur noch einen Weg. Ich griff tief in mich hinein, beschwor alle Magie, die ich aufbringen konnte, und schickte einen blauen Strahl in den Himmel. Das Licht ließ Schneeflocken verdampfen und durchdrang den dichten weißen Vorhang in der Luft.

Wenn Delia, die letzte der Seelenmagier, diesen Strahl sah, würde sie antworten.

„Meinst du, er wird uns empfangen?", frage ich.

„Er muss", antwortet Delia zuversichtlich, „Mit dem, was du ihm gesagt hast ... er muss."

Treppen um Treppen steigen wir durch das Zwielicht hinauf, bis wir uns vor einer imposanten Tür aus Eichenholz befinden. Wir bleiben stehen. Zögern. Ich atme tief durch und klopfe an.

Das Päckchen drückt unangenehm gegen meine Brust.

Stille.

Schritte.

Die Tür öffnet sich, und Talos steht vor uns. Obwohl es tiefste Nacht ist, trägt er die verzierte Magierrobe, die ihn als Oberhaupt der Akademie auszeichnet. Seine dunklen Augen fixieren mich, aber sein Lächeln ist freundlich. Voller Mitgefühl.

„Everett ... du bist gekommen."

„Ich habe um das Treffen gebeten", sage ich. „Da wäre es ziemlich dumm von mir gewesen, nicht aufzutauchen."

„Wohl wahr ...", seufzt er, „komm rein. Wir haben viel zu besprechen."

Ein zweites Licht in der Ferne, wie ein Echo meines eigenen. Viel schwächer. Und nicht blau, sondern violett.

Delias Farbe.

Ich keuchte und hastete in die Richtung, kämpfte gegen das Brennen in meinen Muskeln an, pflügte durch den Schnee.

Sekunden verstrichen, Minuten, Stunden vielleicht. Ich hätte es nicht sagen können. Ich fühlte keine Zeit, ich fühlte nur Angst und Kälte und Schmerz ...

Delia und ich treten ein. Es ist lange her, seit ich das letzte Mal in Talos' Büro war. Es ist ein behagliches Plätzchen, nicht allzu groß. Regale schmücken die Wände, mit Büchern gefüllt.

149

Im Kamin bullert ein Feuer und taucht den Raum in ein angenehmes Licht. Ein diskretes Fenster führt hinaus in die Nacht.

„Es wundert mich, dass du dich so schnell erholt hast", sagt Talos, während er sich an seinen Schreibtisch setzt. Mit einer Geste deutet er auf einen der beiden Stühle ihm gegenüber. Delia und ich setzen uns.

„Meinen Sie körperlich oder geistig?", frage ich.

„Beides. Nach dem was passiert ist …", er schüttelt den Kopf. „Du kannst von Glück sagen, dass du mit dem Leben davongekommen bist. Nur … schade dass du der Einzige warst."

Delia lächelt.

Eine einsame Gestalt taumelte durch den Schnee und hinterließ eine rote Spur auf dem Boden. Mein Herz blieb stehen. „Delia!", schrie ich und rannte auf sie zu. Das Mädchen hob schwach den Kopf. Ihr Gesicht war bleich, ihre blauen Augen matt. Sie brach in meinen Armen zusammen. Schwarze Locken fielen mir ins Gesicht.

Vorsichtig, mit zitternden Fingern, legte ich sie auf dem Boden ab. Als ich meine Finger zurückzog, waren sie beschmiert mit Blut. „Oh nein", murmelte ich, „Nein nein nein …"

Delia sah mich an. Erkannte mich einen Moment lang nicht. Dann stammelte sie: „E… E… Ev?"

„Ich bin's …", flüsterte ich. Es war alles, was ich sagen konnte. Mein Verstand war gelähmt von der Kälte, vom Entsetzen. „Ich bin's …"

Ihre Kleidung war benetzt von Blut. Eine Pfütze breitete sich langsam unter ihr aus, drang in den Schnee ein, färbte ihn rot. Es war zu viel Blut, viel zu viel … ich erkannte die Wahrheit, versuchte sie zu verdrängen. Erfolglos.

Sie hatte keine Chance.

Talos sieht mir in die Augen. Falten der Trauer auf seinem Gesicht. „Es tut mir leid wegen Delia", sagt er, „Sie … ich kannte sie nicht so gut wie du, aber... sie war eine gute Schülerin. Und dir und den anderen war sie eine gute Freundin."

„Sie war mehr als das." Sie ist mehr als das.

„Oh, ich fühle mich geschmeichelt!", lacht Delia.

„Warum hat man sie getötet?", fragt Talos leise. „Warum sollte jemand die letzte Seelenmagierin töten wollen? Sie hatte atemberaubende Fähigkeiten. Sie hätte so viel Gutes tun können ..."

„Aber auch Böses", erinnere ich ihn. „Ein Seelenmagier kann eine gebrochene Seele heilen ... aber er kann auch Seelen zerstören. Und es ist fast unmöglich, sich gegen solch einen Angriff zu wehren." Ich sehe Talos direkt an: „Sie wäre ein furchtbarer Gegner gewesen. Vielleicht wollte jemand verhindern, dass es so weit kommt."

„Vorsicht", sagt Delia.

„Außerdem", fahre ich fort, „hätte sie den Willen von etlichen Menschen unterwerfen können. Ich kann mir viele Gründe vorstellen, warum jemand sie töten würde."

Talos beißt die Zähne zusammen: „Sie war gefährlich, das gebe ich zu ... aber wenn ihr Mörder sie nur gekannt hätte! Sie hätte solche Dinge nie getan ..."

Nein, das hätte sie nicht.

„Nun", sagt Talos, „es gab etwas, das du mir berichten wolltest?"

Ich nicke: „Ich sollte wohl mit der ganzen Geschichte anfangen."

„Tu es, bitte. Ich weiß immer noch nicht, was ihr mitten in einem Schneesturm auf dem Berghang zu suchen hattet."

Ich seufze tief und beginne, von dem Tag zu erzählen, an dem sich mein Leben für immer veränderte.

Ich hielt ihre Hand. Ich konnte sonst nichts tun. Nichts, außer sie zu trösten, während sie starb.

„Ev", keuchte sie, eindringlicher als zuvor, „Es ... es war ..."

„Entspann dich", sagte ich mechanisch, wie gelähmt, „du ... du wirst es schaffen ... ich ... ich rette dich, irgendwie ..."

Ich fühlte mich fast versucht, selbst daran zu glauben. Mich an diese süße Lüge zu klammern. Ich sah ihr in die Augen. Sie waren weit aufgerissen. Delia zitterte. Sie wollte nicht sterben. Sie hatte Angst. Wie ich. Ich konnte sie nicht gehen lassen. Ich würde alles tun, um sie irgendwie zu retten.

Alles ...

„Delia", sagte ich. Sie schien mich nicht zu hören. Ihr Atem ging flach, sie versuchte immer noch zu sprechen, aber sie konnte die Worte nicht formen. Sie hatte wenig Zeit.

„Delia", wiederholte ich lauter. „Hör zu. Du kannst dich retten. Du weißt genau, was du tun musst."

Sie sah mich an. Panisch. Schneeweiß. Ein roter Teppich unter ihr. Zuckte mit dem Kopf. Schüttelte ihn.

„Doch. Ich weiß, was das bedeutet. Ich bin bereit. Delia. Rette dich. Bitte. Rette dich."

„Ehe wir uns versahen, waren wir umzingelt und ich hatte einen Dolch in der Seite. Wir konnten nicht mehr zurück ins Schloss, also rannten wir einfach los ... im Schneesturm haben wir uns getrennt. Als ich sie fand, war sie tot. Das war kurz bevor Sie uns gefunden haben."

Als Talos hört, dass Delia bereits tot war, als ich sie gefunden hatte, lässt er sich mit einem Seufzer zurück in den Stuhl sinken.

Er klingt fast schon erleichtert.

„Es ist an der Zeit", sagt Delia.

Ich nicke kaum merklich. Ich hole das Päckchen unter meiner Jacke hervor. Talos hat es nicht bemerkt. Ich öffne den Mund und schließe ihn wieder. Wie ein gestrandeter Fisch. Versuche, den Mut aufzubringen, zu tun, was getan werden muss.

„Talos?", sage ich. Er sieht auf. Anspannung in seinem Blick. Er spürt, dass etwas nicht stimmt. Er weiß nur nicht was. Noch nicht.

„Es ... es gibt etwas, das ich gefunden habe. Das ich Ihnen zeigen muss. Der eigentliche Grund, warum ich mit Ihnen sprechen wollte."

Talos beugt sich über den Schreibtisch vor. Ich öffne das Päckchen und hole einen Dolch heraus. Einfach, undekoriert, aber in hellem Silber leuchtend.

„Das ist der Dolch, der mir in die Seite gerammt wurde. Sehen Sie ihn sich an."

Talos beugt sich neugierig vor. Leicht angespannt.

„Was ist damit? Ich kann keine Zeichen erkennen, die darauf hindeuten, wer sein Besitzer war."

„Nein … aber ich weiß es trotzdem."

Ich hebe meinen Blick. Sehe Talos in die Augen. Einen Augenblick lang erkennt er, dass er aufgeflogen ist. Dann stoße ich zu. Er bewegt sich zur Seite. Die Klinge fährt in seine Schulter. Er schreit. Hebt seine Hand. Blaues Licht blitzt auf. Eine ungeheure Kraft trifft mich und Delia, schleudert uns quer durch den Raum, gegen die Wand. Meine Wirbelsäule knackt, Schmerz schießt durch jeden Nerv in meinem Körper. Die Wunde in meiner Seite öffnet sich wieder. Blut quillt heraus.

Ich packte Delias Hand und drückte sie an meine Stirn.

„Bitte tu es", flüsterte ich, „bitte …"

Ich wartete. Schnee fiel. Der Wind heulte. Delia bewegte sich nicht mehr. Mein Herz zog sich zusammen. Entsetzen, als ich glaubte, dass es zu spät war.

Dann fuhr Magie in mein Gehirn und ich schrie.

Ich schreie. Die Kraft presst mich stärker gegen die Wand. Talos stolpert um den Stuhl herum. Den Dolch noch in seiner Schulter. Er starrt mich hasserfüllt an. „Delia hat den Tod vielleicht nicht verdient", knurrt er, „aber so ein Risiko konnte ich nicht eingehen. Ihr Tod war notwendig!"

Ich versuche zu atmen. Zu sprechen.

„Sie … ist nicht … tot!", presse ich heraus. Talos legt den Kopf schief.

Delia, denke ich meiner Freundin zu, bring es zu Ende!

Schmerz, als ihre Seele in meinen Körper floss. Schmerz, als sie mit meiner verschmolz. Dann ... nur noch Erleichterung.

Ich sah auf ihren alten Körper hinab. Er lag reglos da, matte blaue Augen starrten ins Leere. Er war nur eine leere Hülle.

Delia aber strotzte vor Leben. Ich konnte ihre Gefühle spüren, ein steter Strom neben meinem eigenen.

„Wir haben es geschafft", sagte ich, ohne den Mund zu öffnen.

„Danke", flüsterte sie. Ich lächelte.

Ein Strom aus ihren Erinnerungen erfasste mich. Ich sah, wie sie durch den Schnee stolperte, wie sie meinen Namen rief. Wie eine Figur sich näherte, ihr ein Schwert in den Unterleib rammte.

Sie sah das Gesicht dieser Figur.

Ich schnappte nach Luft.

Talos.

Magie, die nicht meine eigene ist, explodiert aus mir hervor. Delia, die letzte Seelenmagierin, richtet all ihre Macht gegen das verräterische Oberhaupt der Akademie. Talos beschwört einen Schild aus blauer Energie herauf, aber gegen diese Art von Angriff ist er machtlos. Er schreit auf und packt seine Schläfen, als Delias Magie seine Seele zerreißt. Sein Schrei wird lauter, schriller, dann bricht er ab und Talos sackt leblos zusammen. Die Magie, die Delia und mich an die Wand presst, schwindet. Unser gemeinsamer Körper kommt auf dem Boden auf.

Um uns herum ist es still. Aber in uns herrscht ein Feuerwerk aus Gefühlen. Wir haben den Tod besiegt. Delia kann in meinem Körper weiterleben. Talos ist tot. Sie ist in Sicherheit.

„Was jetzt?", frage ich.

Ich spüre, wie sie in Gedanken lächelt. „Jetzt ... leben wir."

Guilherme Domingos

154

Gestalten der Nacht

Der dunkle Besucher

„Grab! Grab! Grab!"

Der mitternächtliche Ruf weckt die kleine Lila. Sie reibt sich die verklebten Augen und lehnt ihre fiebrige Wange an eine kühle Stelle des Kissens. Als sie aufblickt, nimmt sie draußen auf dem Fensterbrett eine dunkle Gestalt wahr, die sich scherenschnittartig vom Licht des Vollmondes abhebt. Lila hat das untrügliche Gefühl, dass sie ihretwegen da ist. Beinahe scheint es, als würde sie zu ihr sprechen. Lila muss nur genau hinhören.

„Verschwinde! Hier wird nicht gestorben, hörst du?"

Das Mädchen zuckt zusammen. Es blickt in Richtung des angrenzenden Zimmers, hört die schrille Stimme der Mutter, dann den Knall eines sich schließenden Fensters.

Als Lila wieder zum Fensterbrett schaut, ist da niemand mehr. Zitternd sinkt sie zurück in die Kissen und wühlt ihren abgemagerten Körper unter die Decke.

Vielleicht war es nur ein Fiebertraum? Vielleicht hat sie sich die Silhouette am Fenster nur eingebildet? Aber etwas lässt Lila glauben, dass es keine Einbildung war.

„Vergiss es! Ich mach das nicht!"

„Widersprich mir nicht, Ruth."

Der Streit fand in den Zweigen einer Birke statt. Ruths Familienmitglieder, empfindlich in der Gefiederpflege gestört, verliehen ihrem Missmut durch ein heiseres *Krk Krk* Ausdruck. Nicht zum ersten Mal fiel Ruth durch ihr Verhalten auf. Ein Rabe hatte vornehm, ernsthaft und traditionsbewusst zu sein. Ruth war nichts von alledem.

Das Rabenmädchen starrte seinen Vater an. Hagen war eine imposante Erscheinung: In dem nachtschwarzen Gefieder zeugte eine einzelne silberne Feder von seiner Stellung als Oberhaupt des Schwarms. Es hieß, seine fernen Vorfahren seien keine Geringeren gewesen als Hugin und Munin, die Gedanken und Erinnerungen auf den Schultern Odins. Hagen trug seine Herkunft mit Würde. Die wenigen Worte, die er mit Bedacht sprach, waren stets von Autorität. Jedes seiner Familienmitglieder ordnete sich ihm unter.

Nur seine Tochter traute sich, ihm Widerworte zu geben.

Hagen stellte sein Gefieder auf. Er blinzelte ein-, zweimal, eine Drohgebärde, gegen die auch Ruth nicht immun war. „Es bleibt dabei", sagte er. „Heute um Mitternacht. Enttäusch mich nicht."

Ruth plusterte ihre Halsfedern auf und ließ sich dann mit schrillem Schrei im Steilflug von der Birke fallen. So hatte sie immerhin das letzte Wort behalten. Es fühlte sich dennoch wie eine Niederlage an. Ruth wusste, sie würde sich der Aufgabe nicht entziehen können.

„Wieso gerade ich?", hatte sie gefragt, als Hagen sie zu sich gerufen hatte.

„Du weißt wieso. Nur du besitzt die Gabe."

„Ich will diese Gabe überhaupt nicht!"

„Das Leben fragt nicht nach deinen Wünschen, Ruth. Trage deine Gabe mit Stolz. Deine Mutter hätte es so gewollt."

Die Erwähnung ihrer toten Mutter hatte Ruth so wütend gemacht, dass sie es auf einen Streit angelegt hatte. Doch es nützte nichts.

Am späten Abend zogen Regenschauer durch die kleine Ortschaft. Schon den ganzen Tag war es schwül gewesen, nun entlud sich die klebrige Luft in einem Gewitter. Als der Regen abgeklungen war, schüttelte Ruth ihr nasses Gefieder und verließ die Birke. Von ihrem Schwarm war hier und da ein schlaftrunkenes Krächzen zu vernehmen.

Oh, könnte ich doch mit einem von ihnen tauschen … Wäre ich Nicolaj doch nie begegnet …

„Deine Tochter hat eine Gabe", hatte Nicolaj ihrem Vater erzählt, kurz nach jenem verhängnisvollen Abend.

„Davon wüsste ich", war Hagens herablassende Antwort gewesen. Doch Nicolajs nächste Worte hatten alles geändert.

Verfluchter Schwätzer! Ich hätte ihn mundtot machen sollen. Aber wie heißt es so schön? Eine Krähe hackt der anderen kein Auge aus.

Ruth war in den Zweigen einer Rotbuche im Vorgarten des Hauses gelandet, in dem das schwerkranke Mädchen wohnte. Der frische Wind, den das Gewitter zurückgelassen hatte, brachte die Zweige zum Schaukeln und warf deren flackernde Schatten gegen die Hauswand. Der bleiche, wolkenverhangene Vollmond zeigte halb 12. Sie hatte noch eine halbe Stunde Zeit.

Ruth versuchte, an nichts zu denken, während sie im Haus nach und nach die Lichter ausgehen sah. Doch es half nichts. Ungebeten tauchten die Bilder aus jener Nacht auf, in der sie gewusst hatte, dass jemand sterben würde.

Danach war nichts mehr wie vorher.

„Hallo Ruth!", unterbrach ein Zwitschern ihre trüben Gedanken. Direkt neben ihr hatte sich unbemerkt eine rundliche Vogeldame niedergelassen.

„Kennen wir uns?"

„Ich bin Minnie", sagte die Meise, als wäre das Antwort genug. Ruth schwieg. Was gab es schon mit einer Meise zu reden?

„Ich kenne deinen Schwarm", fuhr Minnie ungerührt fort, „seit wir einmal eine alte Eiche als Schlafplatz geteilt haben. Hagen war so nett, uns nicht zu vertreiben." Ruth schwieg immer noch beharrlich. *Vielleicht lässt sie mich dann in Ruhe.*

„Ich habe das Gespräch zwischen deinem Vater und Nicolaj belauscht", fuhr Minnie fort, keine Spur von Reue in der Stimme.

„Der eitle Gockel hat dir ja ganz schön Ärger eingebracht."

„Ärger, wieso? Vielleicht spiel ich ja gern den Unglücksraben." *Verdammt. Jetzt hatte sie doch wider Willen den Schnabel aufgemacht.*

„Quatsch. Selbst wenn ich blind wie eine Eule wäre, würde ich erkennen, dass du keinen Spaß daran hast."

158

„Hab ich auch nicht. Es lässt sich aber nicht ändern."

„Das Mädchen heißt Lila", sagte Minnie.

„Wieso erzählst du mir das?"

Doch Minnie hörte sie schon nicht mehr. Sie war ebenso schnell verschwunden, wie sie gekommen war. Ihr Abschiedstriller schien noch Sekunden später in der Luft zu hängen.

Vielleicht war ich ein bisschen zu schroff zu ihr, dachte Ruth. Sie seufzte, bevor ihr Blick erneut den Mond streifte. Es war kurz vor Mitternacht. Eigentlich sollte sie schon längst auf dem Dach sein. Doch etwas ließ Ruth zögern. *Hat es etwas zu bedeuten, dass ich jetzt den Namen des Mädchens weiß?*

Es war nicht das erste Mal, dass Ruth sich im Garten der Familie aufhielt. Vor drei Tagen war sie einem vagen Gefühl gefolgt und hatte sich abends auf der Rotbuche niedergelassen, um durchs Fenster in das Zimmer des kleinen Mädchens zu spähen. Ruth hatte das blasse Gesicht gesehen und gewusst, dass das Mädchen sehr krank war. Sie hatte ihrem Vater wohlweislich nichts von ihrem Gefühl erzählt, aber Hagen schien bereits davon zu wissen.

„Versuche nicht, dich vor deiner Pflicht zu drücken, Tochter. Du hast ein eindeutiges Zeichen bekommen."

Flügelschlagend erhob sich Ruth von der Rotbuche, um auf das Hausdach zu fliegen. Im Vorbeiflug spähte sie in das Zimmer des Mädchens. Das Mondlicht verlieh dem blassen Gesicht etwas gespenstisch Durchscheinendes. Als wäre Lila schon nicht mehr von dieser Welt.

Mit schwerem Herzen ließ Ruth sich auf dem Dachfirst nieder. *Sie wird sterben. Ich weiß es. Und ich bin schuld!*

„Wer wird sterben?", vernahm sie eine kratzige Stimme.

Hat man denn hier nie seine Ruhe?

Ruth wandte sich um. Auf dem Schornstein hatte sich eine seltsame Gestalt niedergelassen, halb Drache, halb Ratte. Kleine Augen lagen tief in dem spitzen Gesicht, die Beine wirkten verkrüppelt. Am merkwürdigsten waren jedoch die lederartigen Flügel; beinahe unnatürlich groß wirkten sie verglichen mit dem

Rest des drahtigen Körpers.

„Wer bist du?", fragte sie. Ihre Neugier siegte über den Impuls, den Fremden zu ignorieren.

Doch der hatte sich bereits vom Schornstein abgestoßen und flatterte in atemberaubenden Tempo zwischen den Bäumen umher. Seine schrillen Schreie waren beinahe unhörbar.

Natürlich, eine Fledermaus. Fledermäuse hatte Ruth schon auf ihren nächtlichen Streifzügen von ferne gesehen, jedoch kein Verlangen nach näherer Bekanntschaft verspürt.

Der Fremde hatte sich wieder neben ihr niedergelassen und machte eine ironische Verbeugung. „Ragnar, die Vampirfledermaus."

„Ein Blutsauger? Dann ist dein Ruf ja noch schlechter als meiner", rutschte es Ruth heraus.

„Meinst du, ich hab mir das ausgesucht? Ich wäre lieber Vegetarier."

„Ich wäre auch lieber ein normaler Rabe."

„Was heißt denn schon normal, Ruth?" Sie wunderte sich nur flüchtig, woher er ihren Namen kannte. Selbst eine Meise schien sie ja zu kennen. Als nächstes würden es noch die Spatzen von den Dächern pfeifen.

„Ich kann vorhersehen, wenn jemand stirbt. Nichts, was ich mir gewünscht hätte, glaub mir."

„Ich habe mir auch nicht gewünscht, meine Schlafenszeit überkopfhängend in muffigen Dachböden zu verbringen." Ragnars Maul mit den nadelspitzen Zähnen verzog sich zu einem bitteren Lächeln.

„Möchtest du mit mir tauschen? Ich muss nachts auf Häuserdächern Todesfälle ankündigen."

„Wer sagt, dass du das machen musst?"

„Mein Vater. Er sagt, jeder habe seine Aufgabe im Schwarm zu erfüllen. Meine ist es, die Menschen wieder das Fürchten vor uns Raben zu lehren."

„Was würde passieren, wenn du dich weigerst?"

160

„Ich würde ausgestoßen werden. Ich dürfte zwar im Schwarm bleiben, aber ich wäre immer eine Einzelgängerin."

„Das bist du doch jetzt schon", bemerkte Ragnar.

„Ich habe einfach keine Wahl", sagte Ruth. „Ich fühle es, wenn ein Mensch stirbt."

„Das Mädchen wird nicht sterben."

„Das kannst du doch nicht wissen", flüsterte sie. „Du hast sie nicht gesehen. Sie ist todkrank."

„Menschen sterben nun einmal, Ruth. Genauso wie Raben. Das wirst du nicht ändern können. Aber du trägst keine Schuld daran."

„Was soll ich denn tun?"

„Rufen. Dreimal. Wenn du siehst, dass nichts passiert, hast du dich befreit von deiner verfluchten Gabe."

„Hagen wird mir das nie verzeihen."

„Dann ist ihm sein Ruf wohl wichtiger als seine Tochter. Wenn du wirklich ausgestoßen wirst, kannst du bei mir unterkommen."

„Auf dem muffigen Dachboden?"

Ragnar lachte, ein Geräusch wie von einer rostigen Nagelschere. „Ich wusste, dass du meinem Angebot nicht widerstehen kannst." Ohne ihre Antwort abzuwarten, flatterte Ruths fremder Freund davon.

Ruth sah an sich herunter. Ihre Flügel zitterten. Der Mond zeigte Mitternacht. *Wird die kleine Lila leben?*

Sie schwang sich mit einem langen Flügelschlag auf den Schornstein hinauf. Dann öffnete sie den Schnabel. *„Grab! Grab! Grab!"*

Ein Sturzflug brachte sie zum Fenster des kleinen Mädchens. Für einen zitternden Augenblick wagte sie es nicht hineinzuschauen. Dann drehte sie langsam den Kopf, voller Angst vor dem, was sie sehen würde.

Dort, im Bett, saß Lila, noch immer leichenblass, doch mit klarem Blick, und sah Ruth direkt in die Augen. Lächelnd, so als

161

wäre Ruth bloß ein harmloser Spatz, der Brotkrümel aus Menschenhand fraß. Für einen Wimpernschlag verstanden sie sich wortlos, das Mädchen und der Rabe.

Nebenan öffnete sich ein Fenster unter lautem Fluchen. In der nächsten Sekunde erhob sich Ruth vom Fenstersims und flog in die Rotbuche. Ihre Flügel und ihr Herz waren leicht wie eine Feder.

Lila lebt. Und sie hat keine Angst vor mir. Ich bin nicht verflucht!

„Das warst du nie", sagte Hagen, der geräuschlos neben ihr gelandet war. „Du warst nur immer schon anders. Sei stolz auf dich. Ich bin es auch."

Er neigte respektvoll seinen Kopf vor ihr, bevor er mit lautem *Rab! Rab!* wieder davonflog.

Heidi Lackner

Der Nachtschwärmer

Der Polizeipräsident von St. Noir sah auf seine Armbanduhr. Gleich war Mitternacht. Alleine saß er in seinem Büro am Schreibtisch. Die Tür sowie das Fenster waren fest verschlossen.

Nun bin ich aber gespannt.

Plötzlich stieg aus der Ecke eine blutrote Rauchwolke auf. Als der Dunst verflog, trat eine imposante Gestalt hervor, die ganz in Schwarz gekleidet war. Eine Gasmaske und ein breitkrempiger Hut verbargen das Gesicht. Ein halbgeöffneter Ledermantel offenbarte einen Brustpanzer, versehen mit dem Bildnis eines Totenkopfs.

Das war ein spektakulärer Auftritt, musste der Polizeipräsident zugeben. Spielte da sogar eine dramatische Musik im Hintergrund?

„Guten Abend, O'Higgins", sagte die Gestalt mit einer rauen Stimme, die jede Silbe unheilschwanger betonte.

Polizeipräsident O'Higgins verschwendete keine Zeit damit zu fragen, wie der Neuankömmling in ein verschlossenes Zimmer gelangt war.

„Abend, Nachtschwärmer. Vielen Dank, dass Sie gekommen sind."

„Sie haben die Anweisungen befolgt, um mich zu benachrichtigen, dass Sie ein Treffen wünschen. Sie ließen die Uhr im Rathaus dreizehnmal schlagen."

„Als ich dort nachfragte, war man über meine unorthodoxe Bitte etwas verärgert", entgegnete O'Higgins, aber der Nachtschwärmer fuhr fort: „Sie legten zwei weiße Lilien auf das Kriegsdenkmal im Stadtpark. Sie zündeten eine schwarze Kerze in der Kapelle auf dem alten Friedhof an."

„Etwas aufwendig das Ganze, nicht?"

„Nun ist Mitternacht, und ich bin wie vereinbart erschienen!" Der maskierte Rächer hob theatralisch seine rechte Faust.

„Das Verbrechen in dieser Stadt soll wissen, dass es nicht ...", er machte eine dramatische Pause, „der Vergeltung! Des Nachtschwärmers! Entkommen KANN!!"

„Na gut", räusperte sich der Polizeipräsident. „Wir haben es mit einem besorgniserregenden Fall zu tun."

Der Nachtschwärmer baute sich vor O'Higgins Schreibtisch auf und verschränkte in gespannter Haltung die Arme vor der Brust.

„Geht es um die Eisenmaske? Sie soll im Hafenviertel gesehen worden sein."

„Darauf wurden bereits Leute angesetzt."

„Es geht das Gerücht um, dass eine Neugründung der Schwarzen-Acht-Bande geplant ist."

„Wirklich? Die Information ist mir neu, aber danke."

Der Nachtschwärmer neigte leicht den Kopf zur Seite.

„Ist Dr. Celsius ausgebrochen?"

„Sitzt noch."

„Ist etwa Madame Tarot zurück?"

Höre ich da einen hoffnungsvollen Unterton, dachte O'Higgins.

„Nein", teilte er dem Nachtschwärmer mit, der ungeduldig mit den Fingern zu trommeln begann.

„Mephisto?"

„Gott bewahre! Nein!"

Hinter den dunklen Gläsern der Gasmaske konnte der Polizeipräsident die bohrenden Blicke spüren.

„Vielleicht wollen Sie mir irgendwann verraten, weswegen Sie mich gerufen haben?"

„Gerne." O'Higgins lächelte hoffnungsvoll. „Ein neuer Bösewicht namens ‚Der Sittich' terrorisiert die Stadt." „Der Sittich! Handelt es sich um eine Hybrid-Mutation aus Mensch und Vogel?"

„Bitte?" Meint er das im Ernst? „Um Himmels willen! Nein, nur ein Mann verkleidet wie ein Papageienvogel."

„Besitzt er die Fähigkeit zum Fliegen?"

„Äh, nein."

„Aber der Täter kann mit irgendwelchen mentalen Fähigkeiten Vögel kontrollieren?"

164

„Nicht dass ich wüsste."

Es herrschte ein Augenblick des Schweigens zwischen den beiden Männern.

„Sagen Sie mal", fragte der Nachtschwärmer. „Was genau hat dieser ‚Sittich‘ eigentlich angestellt?"

„Oh, es ist furchtbar, einfach furchtbar", stöhnte O'Higgins.

„Dieser Unhold entleert Abfallkörbe im Stadtpark und schmeißt den Müll aufs Gras."

Das Schweigen zwischen dem Nachtschwärmer und dem Polizeipräsidenten hielt deutlich länger an.

Schließlich sprach der Maskierte langsam: „Damit ich dies richtig verstehe: Sie haben mich gerufen, damit ich Ihnen helfe, irgendeinen Idioten im Vogelkostüm einzufangen, dessen Taten sich auf die Verschmutzung öffentlicher Parkanlagen beschränken?"

„Genau!" Zur Ermutigung hielt O'Higgins beide Daumen hoch. „Alle braven Bürger dieser Stadt zählen auf Sie."

„Jeder Streifenpolizist könnte diese Aufgabe übernehmen!"

„Der Sittich führt sich auf wie ein Berserker, sein Kostüm stinkt meilenweit gegen den Wind."

Traurig schüttelte der Leiter der Polizeibehörde seinen Kopf. „Ich kann meinen Leuten doch so was nicht zumuten."

Der Nachtschwärmer beugte sich drohend über den Schreibtisch.

„O'Higgins, als ich Ihre Nachricht erhielt, fuhr ich mit meinem Panzerwagen hierher."

„Wofür ich Ihnen herzlich dankbar bin."

„Ich habe etwa 20 Liter Raketentreibstoff verbraucht."

„Was Sie nicht sagen."

„20 Liter! Wissen Sie, wie viel das kostet?!"

„Sicherlich viel." O'Higgins sah den Nachtschwärmer kühl an. „Haben Sie eine Ahnung, wie viel Zeit und Mühe es mich gekostet hat, bis man im Rathaus bereit war, es dreizehnmal läuten zu lassen?"

Das maskierte Gesicht studierte den Polizeipräsidenten zwei Herzschläge lang.

Dann richtete sich der Nachtschwärmer wieder auf. In seiner monotonen Grabesstimme war ein Hauch Resignation zu hören.

„Es gibt keinen Sittich, oder?"

„Kommt darauf an." O'Higgins faltete die Hände. „Muss ich jedes Mal diesen Unsinn mit der Uhr, den Lilien und der Kerze abziehen?"

„Ich lasse Ihnen ein Funkgerät zukommen, O'Higgins."

„Ab sofort reden Sie mich mit ,Herr Polizeipräsident' an", O'Higgins schlug mit der Faust auf den Tisch, „und wir treffen uns nicht mehr um Mitternacht!"

„Aber O' – Herr Polizeipräsident!" Der Nachtschwärmer hob verteidigend die Hände. „Sie müssen Verständnis haben für die starke Symbolik der Mitternachtsstunde."

„Ich verstehe vor allem, dass ich mal früh ins Bett möchte."

„Bestimmen Sie für das nächste Treffen die Uhrzeit, Herr Polizeipräsident."

Geschlagen senkte der Nachtschwärmer den Kopf und drehte sich um.

„Und noch was!" Der Polizeipräsident sprang aus seinem Sitz hoch. „Benutzen Sie mal die Tür wie jeder andere" – doch der Nachtschwärmer verschwand bereits in einer blutroten Rauchwolke.

Stephan Priddy

166

Nach dem Tanz

Es war früh am Morgen, als sie die Party verließ und sich auf den Heimweg machte. Sie hatte nicht auf die Uhr geschaut, aber es musste schon nach drei sein, denn die Nacht hatte diese samtige Tiefe, die wenige Stunden vor Sonnenaufgang alle Dunkelheit dieser Welt in sich hineinzieht.

Sie trug ein Kleid und eine knapp sitzende grüne Jacke, die ihre schlanke Gestalt und ihre schmalen Schultern betonten, und in der Septemberkühle spürte sie die Feuchtigkeit, die sich beim Tanzen über ihre Haut ausgebreitet hatte und in den Stoff ihres Slips und ihrer übrigen Kleider eingesickert war. Dieser Kleiderstoff kam ihr nun vor wie Salz oder Zucker, die nach Nässe verlangen mit dem Wunsch, sich darin aufzulösen.

Sie fröstelte bei der Vorstellung, dass dies geschähe, spürte dann jedoch zu ihrer Beruhigung, dass der Stoff zwar vielleicht ein wenig geschmolzen und dünner geworden war, sie aber immer noch bedeckte, noch immer Schutz bot, recht wenig allerdings, wie sich gleich zeigen sollte.

Vor ihr tauchte ein Schatten auf, wurde zu einem festen Umriss und einem Gesicht; ein Junge stand vor ihr, etwa fünfzehn Jahre alt, dünn wie ein Bleistiftstrich, doch kräftig genug gezeichnet, um für einen Menschen durchgehen zu können.

„Ey Tante", sagte er. „Du bist vierzig. Ist das nicht was zu alt, um noch auf Partygirl zu machen?"

Wo kam dieser Bengel her, jetzt, morgens um drei? Hatte er keine Eltern, die ihn ins Bett steckten? Sie strich sich über die Hüften, die Schenkel, da war überall noch Stoff. Was wollte dieser Junge von ihr?

Sie drehte sich weg, begann zu laufen, schaute sich immer wieder um, verlangsamte ihren Schritt erst dann, als sie sicher zu sein meinte, dass ihr keiner folgte.

Weil sie bei dem Gerenne Durst bekommen hatte, war sie froh, als vor ihr die Tür eines Supermarktes aufleuchtete, und sie trat ein. Schön, dass es Geschäfte gab, die morgens um drei auf hatten. Gab es Geschäfte, die morgens um drei auf hatten? Egal. Sie schlenderte durch die Regalreihen und nahm einen Energy-Drink mit.

Vor ihr an der Kasse standen nur zwei Leute: eine dicke Frau um die sechzig und ein ziemlich heruntergekommener älterer Mann mit speckigen Kleidern und schlohweißen Haaren, die bestimmt schon sehr lange kein Shampoo mehr gesehen hatten.

Plötzlich drängte sich ein junger Kerl zwischen sie und die dicke Frau vor ihr. Sie war empört und wollte etwas sagen, da merkte sie, dass der Bursche nicht allein war, sondern dass er mit einem redete, der sich hinter sie gestellt hatte, in einer Sprache, die sie nicht verstand. Sie war jetzt zwischen den beiden eingekeilt. Der Hintere musste seinen Mund sehr nahe an ihrem Nacken haben, denn sie spürte, wie er atmete. Den Typen schien das aber nicht weiter zu kümmern. Der Vordere drehte sich jetzt ganz um, berührte sie ungeniert mit seiner Hand am Oberarm und schob sie einige Zentimeter zur Seite, damit er seinen Kameraden besser sehen konnte. Da wandte auch sie sich um und bemerkte zu ihrem nicht geringen Schrecken, dass da der Fünfzehnjährige stand. Zwischen den beiden fuhr so etwas wie elektrischer Strom ihre Nervenbahnen entlang. Eine Art Magnetfeld war um sie herum entstanden.

Die Verkäuferin, die ein auffällig rotes Gesicht hatte, fragte den alten Mann, ob er Treuepunkte wolle. Da dieser verneinte, rief die Verkäuferin laut: „Wer will die Treuepunkte von diesem Herrn?" Kaum hatten sie dies gehört, stürzten sich die beiden jungen Männer vor zur Verkäuferin und griffen nach den Treuepunkten. In diesem Augenblick sah die Vierzigjährige, dass die Männer nichts eingekauft, sondern einfach nur da gestanden hatten und sofort den Laden verließen, als sie die Treuepunkte bekamen.

Die Frau zahlte und strebte dem Ausgang zu, doch die automatische Glastür vor ihr öffnete sich nicht. Sie ging zurück zur

168

Kasse, hielt der Rotgesichtigen den Kassenzettel hin, sagte, sie habe doch bezahlt und fragte: „Warum komme ich nicht hinaus?" Sie erntete einen verständnislosen Blick und wiederholte ihre Frage, diesmal mit mehr Nachdruck. Die Kassiererin schaute ungnädig und versetzte: „Haben Sie Ihren Führerschein mit?"

Da schämte sich die Frau. Man hatte sie an einem empfindlichen Punkt getroffen, denn so lebenstüchtig sie sich sonst einschätzte, die Führerscheinprüfung hatte sie nicht geschafft, eine Hürde, die andere mit der größten Selbstverständlichkeit nahmen.

„Haben Sie dann wenigstens eine Bescheinigung, dass Sie nicht Auto fahren können?" Die Frau blickte verwirrt und die Kassiererin setzte nach: „Sie brauchen eine Bescheinigung, so wie Leute, die nicht gehen können."

Behindert!, dachte die Frau. Die denkt, ich bin behindert und brauche einen Behindertenausweis. Wie komme ich jetzt aus diesem Supermarkt?

Während noch diese Gedanken in ihrem Kopf kreisten, stand sie vor dem Ausgang, der verschlossenen Schiebetür. Diese öffnete sich jedoch unversehens, als von außen zwei junge Männer heranstürmten und in den Laden traten. Blitzartig und wie nebenbei erkannte die Frau sie als die beiden von vorhin, die Treuepunkte geholt hatten. Sie nutzte sofort die Gelegenheit und schlüpfte hinaus ins Freie. Einmal draußen, zögerte sie jedoch, nach Hause zu gehen. Es war irgendetwas geschehen. Auf einmal hatte sie so eine Ahnung, dass sich in diesem Supermarkt ein Geheimnis verbarg, das direkt mit ihr zu tun hatte. Außerdem regnete es heftig.

Sie drehte auf dem Absatz um, ging auf die Glastür zu und diese öffnete sich. Als sie eingetreten war, flammten um sie herum immer mehr Lichter auf, bis das Geschäft gleißend hell leuchtete wie ein südlicher Sonnentag. Es war, als ob man auf sie, gerade auf sie gewartet hätte. Sie zog ihre Schuhe aus und stellte sie neben den Eingang.

Peter Asmodai

169

Gestalten der Nacht

Der kürzeste Tag gebiert die längste Nacht.

Der Papierschneider hat sich sein Material zurechtgelegt: Vor ihm liegen ein großes Blatt und eine kleine Schere.

Das Blatt ist schwarz.

Was heißt hier schwarz? Es gibt viele Arten von Schwarz: Wildkirschenschwarz, Flammrußschwarz, Deckmantelschwarz. Tuscheschwarz ist tief und betörend, aber entschieden zu glänzend. Dann gibt es das wohlige Im-Bauch-der-Erde-schlafen-Schwarz, das abgründige Mitten-in-der-Nacht-in-einem-Schrank-sitzen-Schwarz und das hoffnungslose Im-Inneren-einer-Bleikugel-gefangen-sein-Schwarz.

Er setzt den ersten Schnitt. Eine feine Linie. Ein schmales Weiß.

Ein Auge? Ein Zahn? Für jede weiße Stelle muss eine schwarze weichen. Aus dem noch Unbestimmten wird das Bestimmte. Das hier ist ... eine Kugel? ... ein Kürbis? ... ein Kopf! Zuerst schält der Papierschneider einen griesgrämigen Glatzkopf aus der Fläche. Danach verhilft er einer üppigen Dame aus der Dunkelheit. Ihr lockiges Haar ist dank seiner Fingerfertigkeit sorgfältig onduliert. Es folgt ein alternder Mann, der etwas verloren in seinem englischen Morgenrock noch immer eine gute Figur machen will. Für einen Moment sieht es aus, als ob dieser Herr bei etwas ertappt worden wäre. Der Papierschneider entblößt mit geschickten Fingern und scharfem Werkzeug, was sich bis dahin im Dunkeln verbergen konnte.

Umriss oder Ausschnitt? Sein Metier ist nicht die klassische Silhouette, die Kinder in die Hände klatschen lässt, sobald sie das Lämmchen erkennen. Er zeichnet mit dem Messer. Wo andere brav um die Flügel des Nachtfalters herum schneiden, zaubert er das Netz der Spinne aus dem Papier – in dem sich der Falter verfangen wird. Jeder Schnitt muss sitzen. Tut er das nicht, ist das Netz zerrissen und das Blatt verdorben.

170

Es ist wichtig, dass die Hand beim Schneiden beweglich bleibt und – wie ein Hase – Haken in alle Richtungen schlagen kann. Ist die Schere stumpf, werden ihre kleinen Klingenbeine sanft, aber mit Nachdruck über den bereitliegenden Schleifstein gezogen. Es sind die guten Scheren aus Japan, dort versteht man sich auf die Kunst des scharfen Schnitts. Schneiden bedeutet entscheiden.

Schwarz und Weiß ... liegen Bauch an Bauch, wie ein Paar, das sich tagsüber streitet und nachts die Nähe sucht. Der Papierschneider liebt diesen Zwist der Gegensätzlichkeiten! Er ist ja auch der Herr über jedes einzelne Blatt! Noch hat er alles im Griff.

Doch immer mehr Kreaturen drängen heraus. Jede Figur will ein eigenes Blatt! 100 Köpfe starren aus papierenen Augen auf den sitzenden Mann. Manche werfen kokett die wirren Mähnen in den Nacken. Andere greifen frech mit liniendünnen Ärmchen nach ihrem Schöpfer. Machen sie sich lustig über den dürren Menschenmann, der selbst fast schon aussieht, wie einer von ihnen? Wie im Fieber holt er mit seiner Schere Wesen für Wesen aus dem Bauch dieser Nacht.

Um seine Füße herum sammeln sich Strudel aus schwarzem Papier: das Herausgetrennte, Verworfene, Abgefallene. Das Schwarz ballt sich zusammen zum Schwärzesten, wird erst Wind, dann Wolke und schließlich Wand. Jetzt hört er Hufgetrampel und Schreie und herrische Stimmen. Kommen diese aus seinem Inneren? Aus dem Nichts preschen sie hervor: Ritter, Tod und Teufel auf riesigen Gäulern. Schwerter und Spieße und eine Sense schwingen sie über ihren Köpfen. Und er – kann ihnen nur diese jämmerliche Schere entgegenhalten. Er schneidet um sein Leben. Schneidet ihnen Berge und Bäume in den Weg und Flüsse und Felder. Doch so flink seine Hand ist, so entschlossen sind diese Reiter. Schließlich reißt er Gräben und Schluchten, zerfetzt Blatt für Blatt, durchlöchert ihren Weg. Die Horde braust johlend darüber hinweg und hinterlässt nichts als Finsternis. Bald wird sie ihn erreichen und dann ist er gefangen im dunkelsten aller

Käfige. Von dort kann nicht einmal er sich eine Türe ins Freie schneiden. Ein Fenster? Nur einen kleinen Spalt? Schon holt der Sensenmann aus, um den endgültigen Schnitt zu setzen.

Der Papierschneider
lässt die Hände sinken,
seine Schere gleitet ihm aus den Fingern,
er schließt die Augen und
ergibt sich.

Da trifft ihn eine zarte Linie, mitten ins Gesicht.
Der erste Sonnenstrahl eines neuen Tages.
Der Papierschneider hat sich aus der Nacht herausgeschnitten.

Margot Krottenthaler

Über
die Autoren

Peter Asmodai

Aufgewachsen in einer Kleinstadt am Neckar, zwischen Schwarzwald und Schwäbischer Alb, Literaturstudium in München, Freiburg i. B. und Rom, diverse Auslandsaufenthalte, lebt seit 2010 wieder überwiegend in München.

Guilherme Domingos

Ich wurde in Portugal geboren, habe aber fast mein ganzes bisheriges Leben in Deutschland verbracht. Mit 18 Jahren bin ich bei weitem der Jüngste in der Autorengruppe. Ich schreibe regelmäßig seit ich 14 bin und habe bereits ein Buch fertig geschrieben – über dessen Qualität sich allerdings streiten lässt ;-). Ich lade meine Geschichten unter dem Benutzernamen *Gicaldo* auf Wattpad hoch. Meine Lieblingsgenres sind Fantasy und Science Fiction, wie es für einen Jugendlichen eben so üblich ist. Mein Traum ist es, Filmregisseur und Drehbuchautor zu werden.

Evi Hallermayer-Jahreiß

wurde 1979 in München geboren. Nach ihrem kommunikationswissenschaftlichen Studium zog es sie in alle möglichen Ecken dieser Welt, besonders häufig nach Japan. Als griechisch-bayerische Gassenmischung liebt sie die Kulturen und schreibt gerne darüber, so auch in ihrer Promotion mit dem Titel „Filme analysieren – Kulturen verstehen" oder in ihrem Blog über japanische Kunst. Als ausgebildete Sake-Sommelière schenkt sie auch gerne mal ein Gläschen aus. Und sonst? Personalerin.

Elvira Kolb-Precht

Ich habe den schönsten Beruf der Welt! Aber du arbeitest zu viel, sagen meine Kinder, mein Partner, meine Geschwister, meine Freunde – mehr als früher. Stimmt ja gar nicht. Als Textchefin bei einem großen Verlag habe ich auch viel gearbeitet. Seit ich 2013 die Schreibschule gegründet habe, sind die Stunden vielleicht mehr geworden. Aber ich empfinde es nicht so: Ich arbeite jeden Tag mit wundervollen Menschen zusammen. Gebe Schreibkurse, lektoriere, bringe Geschichten und Bücher auf den Weg. Und manchmal – meist spät abends – komme ich sogar noch selber zum Schreiben.

Susanne Kotrus

hat, nach einer wenig inspirierenden Schulzeit, Literaturwissenschaften und Romanistik an der Universität Tübingen studiert. Verschiedene berufliche Stationen führten sie unter anderem in eine Werbeagentur, in einen Verlag und in eine Zeitschriftenredaktion. Sie besuchte Kurse in Kreativem Schreiben, Malen und experimentierte mit verschiedenen Drucktechniken. So oft es geht, verreist sie und lässt sich von anderen Ländern und Kulturen inspirieren. Sie lebt mit ihrer Familie im paradiesischen Oberbayern.

Margot Krottenthaler

1965 geboren in München, aufgewachsen in einem Bauerndorf im Spargelland. In den 70er Jahren hatte man da jede Menge Zeit, Raum und … Langeweile. Und die reizten wiederum den kreativen Geist zum Malen, Zeichnen, Schreiben. Bis heute liebt sie die Sprache *und* die Bilder. Muss man sich entscheiden? Muss man nicht: Ihr Traum ist nach wie vor, eine „eigensinnige" Bilder-Geschichte zu kreieren. Sie lebt und arbeitet als selbstständige Grafikerin und Künstlerin in Dachau.

Heidi Lackner

Im wirklichen Leben verdient Heidi ihre Brötchen als Übersetzerin. Ideenfutter für ihre Geschichten findet sie bei stillen Laufeinheiten im Wald, beim Klettern in den Bergen und Ausritten in der Dachauer Heimat. Wenn die Muse sie doch mal verhungern lässt, schreibt Heidi zur Entspannung englische Fanfiction oder verschlingt zum x-ten Male Lord of the Rings.

Melanie Michalak

geboren an einem Freitag, den Dreizehnten im November 1987, interessierte sich schon als Kind für unheimliche und fantastische Geschichten. Nachdem sie den Papierkorb jahrelang mit ihren eigenen gefüttert hatte, möchte sie nun ihre Werke veröffentlichen. Derzeit arbeitet sie an ihrem ersten Fantasy-Roman. Ihr Protagonist erhält schon einmal einen Auftritt in den beiden hier erschienenen Kurzgeschichten.

175

Stephan Priddy

So, Sie möchten etwas über mich erfahren? Gestatten: Stephan Priddy, 36 Jahre alt, gebürtiger Westfale. Was mache ich beruflich: Tätig als studierter Bibliothekar an der Neuen Pinakothek in München. Warum schreibe ich: Die Werke von Autoren wie Tolkien, Sir Conan Doyle and Neil Gaiman haben mein Leben bereichert bzw. sie tun es immer noch. Nun hoffe ich, dass ich das Leben Anderer bereichern kann.

Marion Solowski
wurde 1966 in Kärnten in eine internationale Familie hineingeboren und wuchs zweisprachig auf. Ende der 1970er zog ihre Familie nach Deutschland. Nach einem Studium der Rechtswissenschaften absolvierte sie eine Übersetzerausbildung. Sie hat neben der freiberuflichen Übersetzertätigkeit als Reiseleiterin, Coach und Lehrerin gearbeitet. Seit gut zehn Jahren ist sie in München als Fachübersetzerin angestellt und lebt in einem Dorf nahe Erding. Die Lust zu schreiben packte sie 2012. Nach der Entdeckung, dass Schreiben tatsächlich nicht ganz so einfach ist, wie sie dachte, besuchte sie von 2014 bis 2015 mit Begeisterung *Die Schreibschule*. 2017 freute sie sich über ihre erste Veröffentlichung mit Verlagsvertrag, nämlich 24 Adventskrimis im Döschen. 2018 wird derselbe Publikumsverlag weitere 24 Adventskrimis als Geschenkbuch veröffentlichen.

176